橋敏夫教授の早大講義録

小説でめぐる「現代文学論」

早稲田大学文学部・大学院教授
高橋敏夫

宝島社新書

まえがき

「他人には絶対に言えないことを、あなたはどれだけかかえていますか」――わたしは、文学部に入ってきた人たちはもちろん、これから文学部に入りたいという人、入ろうか否か迷っている人にも、機会あるごとに問いかけてきました。

ひとつか、ふたつぐらいなら、わざわざ文学部にくることはない。軽症、いや、かすり傷程度。政治でも、経済でも、法律でも、教育でも、これからの人生で有用な勉強に邁進すればよい。しかし、それがもっと多くて、かかえきれないほどあるのなら、大学のなかでは(大学に狭く限定すると)、もう、文学部しかない。

「他人には絶対に言えないこと」の大半は、自分じしんもまたあまり見たくないもの、考えたくないものであるはずです。さびしさ、むなしさ、無関心、嫌悪、憎悪、嫉妬、うそ、虚栄心、孤独感、性的関心、破壊欲、消滅願望……こんな心理、感情、欲望にうながされた暗い体験の数々。もしかすると、そこには「犯罪」に近接する体験もあるかもしれない。ネガティブなものだけでは、けっしてない。過剰な理想追求、未知の善や美への渇望といった、並はずれてポジティブなものもふくまれるはずです。

こうならべてみると、自分じしんが見たくない考えたくない、そして「他人には絶対に言えない」ことは、わたしたちの生の大きな部分を占めているのがわかります。これをないものとみなしたら、わたしたちの生はとてつもなく痩せてくるでしょう。

にもかかわらず、世間的常識では「有用」と「実用」にはつながらないばかりか、邪魔で、いとうべきものになる。だから、有用な学問である経済学や政治学、法学や教育学などでは排除されるか、または矯正の対象になってしまうのです。

文学をふくむ芸術は、自分じしんが見たくない考えたくない、そして「他人には絶対に言えない」ことをまるごとすべて、たしもせずひきもせず、あるがままに肯定するところからしかはじまらない。

とくに、ネガティブで、醜悪で、ゆがみねじれているような心理、感情、欲望を大胆に肯定する。世間の大半を敵にまわしても、徹頭徹尾、擁護する。あなたは、そこにとどまってもよいし、またそれをくぐり別のなにかにむかって歩きだすのもいい。そこから解放されるのだとしても、それを遠ざけることによってではない。

ヘーゲル流にいえば、わたしたちはそこから解放されるのではなく、それをとおして、ただそれをとおしてのみ解放されるのです、今とはまったく別の関係と環境、つまりは新たな世界の実現のさなかで——。

文学をふくむ芸術では、最終的には誰も力をかしてくれない。しかし、あなたを非難し、強制あるいは矯正する者は誰もいない。自分じしんが見たくない考えたくない、そして「他人には絶対に言えないこと」を肯定し、それらをつつみこむ生の全体を、言葉やイメージや音の微細な、あるいは絢爛たる炸裂に変える、たったひとりの「教科書」のないいとなみを持続しよう。

そのとき、あなたは、ひとりではない。ここでは、ひとりではいられない。たったひとりのいとなみを、それぞれに夢想する人たちが、相互に共感をもって接する暗黒のパラダイス、世間的光明のただなかに突きでた暗黒の砦なのですよ、文学部は。

有用と無用、常識と違反、明るさと暗さ——なんとも古風な「文学」主義、そして「文学部」主義、と思う人も中にはいるかもしれません。しかし、現在、世界大の「帝国」が総括するグローバリゼーションの、「新しい戦争」を突端とした暴力的な浸透の中、「有用」で「明るい」勝者が言祝《ことほ》がれているのをまのあたりにすれば、それらと抗争する「文学」主義も「文学部」主義もまた、静かに回帰しつつあるのではないでしょうか。

むごたらしさがひたすら連鎖する物語をあつかう、わたしの「ホラー論」は、その意味で、現代文学入門講義のみならず「文学部的なもの」への入門講義になるはずです。

ここでのホラーは、主として「ホラー小説」。ホラー(horror)とは恐怖ですが、テラー(terror)の「畏怖」にたいして、生理的な嫌悪感からくる「おぞましさ」を意味します。「畏怖」が自分を超えた外部への恐怖であるのにくらべると、「おぞましさ」は自分をふくむ内部への恐怖です。ホラーは外部を失ってしまった時代の恐怖と言えるでしょう。

ホラー小説嫌いの人は、怖いもの嫌いという以上に、「こんな恐怖の連鎖などありえない、ウソっぽい」と感じているようです。たしかにホラー小説は、恋愛小説でいつでもどこでも恋愛だけが出来《しゅったい》し、経済小説で人が苛酷な経済マターにばかりふりまわされ、ミステリーであらゆる細部が大きな「謎」によって緊迫するように、恐怖の出来事の連続また連続によってできています。こんなこと、わたしたちの日常にはありえない。

しかし、日常をよく見てみると、まったくないとは断言できない。かすかに、ひっそりと、恐怖の出来事は日常のそこここに棲みついています。ホラー小説はこの極小の兆しまたは痕跡を極大化する。恋愛小説が「恋愛」を、経済小説が「経済」を極大化するように。わたしはこれを「極大化の方法」、「極端化の方法」または「前景化の方法」と呼びます。この方法により、わたしたちはわたしたちじしんの恐怖を明視することが可能になるのです。

「SFがほんとうにうまくしごとをしたとき、それは見知らぬものを飼い慣らしたりしない。それは飼い慣らされたものを見知らぬものにする。それはわれわれを旅に連れだし、そこでわれわれは見知らぬものに出会い、その見知らぬものが自分自身であることを知る」(R・スコールズ)。これは、ホラー小説でも変わりません。

わたしたちの時代のホラー小説とともに、奇異なホラー世界へと旅立ちましょう。ひとめぐりしたのち、奇異でむごたらしいホラー世界がわたしたちの世界であり、恐怖の連鎖に直面するのがわたしたちじしんであることに気づくはずです。さあ、勇気をだして。

目次

第四回講義　閉塞

——「壊れ」はアメリカから日本へ、そして…　95

第五回講義　魅惑　――人はなぜホラーに魅せられるのか？　113

第六回講義　出現　――社会的惨劇は、果てしなく連鎖する　135

第九回講義　突破　——さらに下方へ、奥底へ、壊れの暗闇へ、別な世界への通路として　195

第一回講義　発端

――ふくらんだ風船がパチンとはじけるように…

この時代の「壊れ」と「廃墟」をめぐる試み

みなさん、こんにちは。「ホラー論」の第一回目です。

みなさんは教室に入ってきて、前のスクリーンいっぱいにマンガの画像がうつしだされているのを見て、おどろいたはずです。岡崎京子の『リバーズ・エッジ』（宝島社）と、しりあがり寿の『ア○ス』（ソフトマジック）の、さまざまな「壊れ」の場面です。このふたつの作品はホラーマンガというわけではないけれど、むしろそれだけはっきりと日常の中からホラーがたちあがってくる瞬間がとらえられた場面を、いくつもふくんでいます。これらは、本日の話と深くかかわりますが、説明は――しばらく待ってください。

この「ホラー論」は、二〇〇一年に第一文学部設置の前期科目「現代の文学と文化Ⅰ」としてはじまり、二〇〇七年から文化構想学部設置の前期科目「大衆小説論Ⅰ」になったのですが、残念ながらわたしの自由にはならない科目名（「大衆小説論」！）はともかく、現代文学をひろくあつかいつつ、映画、演劇、マンガ、アニメ他のジャンルにもかかわり、「ホラー（恐怖）」を前景化する講義にかわりありません。現代の文学と文化ですから当然、あつかう対象は毎年少なからず変化します。

岡崎京子『リバーズ・エッジ』（宝島社、2000年）
初出「CUTiE」93年3月号〜94年4月号　©KYOKO OKAZAKI 2000

この前期科目につづいて後期科目では「怪物論」をやっています。この「ホラー論」がホラーを「解決不可能性による内破（壊れ）」と読みこむように、怪物を、「それがなんだかわからないが、たしかにそれはそこにいて、周囲をおびやかしているもの」、とした上で、感情の怪物や言葉の怪物から戦争という怪物まで、わたしたちの解釈システムの無効性を告げて跳梁する「怪物」について考えます。「怪物があらわれた、怪物を殺せ」ではなく、「怪物があらわれた、人間が変われ」ということを選びとるために、です。

この「ホラー論」も後期の「怪物論」も、

現代文学、ひろくは現代文化への入門的性格の科目です。「ホラー」といい「怪物」といい、むごたらしさ、惨劇の連鎖する物語であり、「改革」あるいは「品格」、「伝統」といった価値とは正反対をむいている。

これらの講義は、「美しい国」や「改革」「品格」といったふってわいたような美名が流通する時代の「壊れ」と「廃墟」を、ホラーと怪物とともにめぐる試みです。それはわたしたちが、わたしたちじしんの「壊れ」や「廃墟」にきちんとむきあうところからしか歩きだせない、ということのささやかな確認でもあるのです。

現代社会という乗り物で、ホラーと乗り合わせてしまった

まずは、講義の全体像を一言で示しておきます。

「**ホラーと乗り合わせて**」

ちょっと怖いようで、ちょっと楽しそう。あたりまえのようでいて、なにかちがう。非日常的な感じだけど、妙に日常的でもある。おそらく、講義要項を見て「ホラー」を掲げたこの講義が気になった瞬間、みなさんが感じたのも、こんな思いだったかもしれない。

そして、今、この大きな教室をぎっしり埋めた人々の中にいて、いよいよ「ホラーに乗り合わせて」いるという感じがつよくなったはずです。ここには四百名入っているのですが、科目登録で選外になった人は、この二倍強。教室の外にいても、おなじような感じを引っぱっているにちがいない。この講義、この教室、この大学にとどまらないのはもちろん、現代社会という容れ物――それは動いているので「乗り物」と言ってよいでしょう――現代社会という乗り物に、わたしたちはホラーと乗り合わせているのです。

ホラーがすぐ隣の人もいれば、遠く離れていてよく見えない人もいる。しかし、誰もがホラーの雰囲気は知っていて、「乗り合わせて」いると言われれば、たしかにそうだろうなあ、と。しかも、ホラーを残して乗り物をおりることは、もうできない、とうすうす感じている。こんな状態は、すでに十年以上もつづいているのです。はたしてこれを長いと思うか、短いと思うか……。

隣のホラーから、わたしたちは誰かを考える

すると、つぎのような問題がたちまち、うかびあがってくるでしょう。

一、わたしたちは、ホラーだけではなく、多くの作品、メディア、出来事と乗り合わせているにもかかわらず、どうして「ホラー」なのか。

二、そもそも、ホラー（恐怖）とはなにか。

三、ホラーを乗せている社会および時代とはいったいどういう社会、時代なのか。それはいつ、はじまったのか。

四、ホラーに乗り合わせてしまったわたしたちはいったい誰で、これからどこに行こうとしているのか。

こんなふうに問題をならべてみると、知っていたはずのホラーがホラーではなく、つかんでいるつもりの「わたし」あるいは「わたしたち」が、なにやらあいまいになる。と同時に、ホラーが、そして「わたし」あるいは「わたしたち」が、今までになく得体の知れない、新鮮ななにかに思えてくるはずです。

この印象は、ホラーと「わたしたち」を隣り合わせにしたことからくるでしょう。ホラーはホラー、「わたしたち」は「わたしたち」と別々にとらえてきたのが、ここでむすびつけられた瞬間、それぞれが今までとは別の表情でたちあがってくるのです。

ホラーと「わたしたち」だけではない。ホラーと、「わたしたち」と、現代社会と、さらには「この時代」とがむすびつけられている。

これが政治や経済の出来事なら、むすびつきは当然でしょうが、ホラーはそうではない。ホラーはふつうホラーオタクのような小さな、狭い孤立した趣味圏において語られていますね。そういうふつうの圏内からホラーをときはなってみる。するとホラーの今まではっきりしなかった姿が見えてくるとともに、むすびつけられた「わたしたち」や、さらには「この時代」までもが今までにない見え方をするはずです。

従来それがおかれている場所を変えることで、見慣れたものを見慣れないものにする。わたしたちが無意識のうちにしばしばおこなっている方法を、文学理論（芸術理論）では「異化」と言います。ロシアの文学研究者ヴィクトル・シクロフスキーの『手法としての芸術』（一九一七年）で提起された言葉、ロシア語でアーストラニエーニエ。非日常化とも非親和化とも訳される「異化」については、あとで詳しく説明しましょう。

ここにいる人のほとんどが一年生ですね。中には、三年間つづけて選外になった四年生もいるでしょうし、また他学部、他大学からわざわざきている人もいる。毎年かならず顔を見る人も最前列にはかなりいるのですが、まあ、大半は一年生。ですから、文学理論を中心に、現代思想や最新戦争論への入門的な話もおりこみたいと思います。中でも「異化」は、もっとも基本的なもののひとつです。

恐怖をとおした解放にいたるために

全十回の講義（最後は教場レポートの回）をとおして、「ホラーに乗り合わせた」ことからうかびあがる、今挙げた四つの問題に、さまざまな角度からわたしは答えていくのですが、その際、説明の軸となる考えを、キーワードとともにつぎに挙げます。これからの話に、何度も何度も登場し、そのたびに少しずつ肉づけされ、はっきりしていくはずの考えですから、記憶にとどめておいてください。

①ホラーに接することは、恐怖をとおした解放である。

②小説、映画、テレビドラマ、演劇、マンガ、アニメ、ゲームなどにあらわれたホラーは、「失われた十年」にあってほとんど唯一「豊穣の十年」を暗く謳歌した特異なジャンル。

③現在のホラー（作品）は、閉塞した時代における人と社会の「諸問題の解決不可能性に

よる内破（つぎつぎに問題は起きるが解決の方向は見えず、やがて内部から壊れていくこと）」を象徴している。

④「解決不可能性による内破」を「ホラー的なもの」と呼ぼう。ホラー作品にだけでなく、恋愛小説にも脱格系ミステリーにも時代小説にも、現代小説にも「ホラー的なもの」はあふれている。

⑤ホラー的なものは、一九九〇年前後に出現した。このころから社会のいたるところで「解決不可能性」がつよく意識されるようになる。

⑥ホラー的なものは、今、「新しい戦争」「テロとの戦い」と抗《あらが》っている。

⑦ホラー的なものに届く想像力は、血塗られた想像力（スプラッター・イマジネーション）。すぐれたホラー作品はこのスプラッター・イマジネーションをわたしたちにくれる。

ひとつひとつ、はじめて聞く考え方であり、言葉のはずです。「血塗られた想像力（スプラッター・イマジネーション）」は、もちろん、ホラーものを二分する「サイコ系」（内面破壊恐怖）と「スプラッター系」（身体破壊恐怖）の後者を使ったじつに勝手な造語ですが、たんに「スプラッター系」だけではなく心理的かつ身体的な内破、さらには個人をこえた社会的な内破に届く想像力のことだと、考えてほしい。

ここでさらに、ホラーが見慣れないものになったでしょう。あるいは、もう疑問の連続かもしれない。中でもみなさんがとくに「おや？」と思ったのは、①でしょうね。「ホラーに接することは、恐怖をとおした解放である」。ホラーと乗り合わせたのはたしかだとしても、あの怖いホラーがどうして解放感につながるのか、と首を傾げるかもしれません。

サイコ・ホラー劇団のコアなファンにしてなお

先日、スロウライダーという小劇場系では有名な劇団から、ポストトークを頼まれました。民俗学者折口信夫の死によって幕があがる弟子たちの奇妙な角逐《かくちく》を描いた、ユニークなホラー劇を観て、今売り出し中の役者兼演出家兼劇作家の山中隆次郎と話をするという企画。みな三十歳前後の若い劇団で、聞くと主催者の三好佐智子がわたしのホラー論の受講者だったという。それで、出かけて行きました。

早稲田は演劇のメッカでもありますから、みなさんの中にも演劇にかかわっている人が多いはずです。わたしが担当した一年生の基礎演習のクラスが、そっくりそのまま劇団になったこともありました。

文学部というところは、わたしのころもそうでしたが、はつらつとして明るく元気な学生はきわめて少ない。不活発で、暗く、内向的な、しかも妙に暴力的な学生が主流で（笑）、まあわたしなどそのまま教員になってしまったのですが、その基礎演習の学生たちもそうでした。コンパをしても、おしまいの集合写真の撮り手がいない。みんなに注目される中、声をかけてシャッターを押すという行為ができない。三十人、みんなそうでした（笑）。もちろん、わたしもそういうのがいたって苦手で、すーっと身を引いてしまう。

そんなクラスがそのまま劇団になった。スラプスティック（どたばた）＋ナンセンス＋アクション系の劇を得意にして、観に行った人に聞くと、舞台狭しと無意味な大活劇を演じるらしい。あの不活発で暗く内向的で暴力的な人たちがとわたしは絶句するとともに、なるほどなあとも思いました。ちょっとうれしいけど、わたしは絶対観たくないと（笑）。

さて、サイコ・ホラー劇の残した重苦しく暗い情感に満たされた小さな劇場で、しかもライトに照らされ観客の顔の見えない舞台にあがるのはとても勇気のいることでした。しかしわたしにはマイクを握ると立ちあがるくせがあって、開口一番、「ホラーはいつでも、どこでも解放である」と言った。なんだか、インチキ教祖のご託宣みたいですね（笑）。

するると、降りそそぐ光のむこうの、わたしからは見えない観客席にちょっとしたどよめきが起きたのです。「そんなはずはない」という感じと、「そうそう、そうなんだよ」という感じが半々のようでした。サイコホラー専門劇団のしかもコアなファンにしてそうですから、みなさんはきっと「解放」疑問派のほうが多いと思います。

できれば、むしろそうした疑問を手放さずに、わたしの話を聞いてほしい。はじめは怖い怖いと遠ざけていたホラーが、やがてわたしたちが見まいとしてきたなにかを照らしだし、さらにその先へと、わたしたちとともに歩きはじめるところまで……。

生きていることを確認するような感じ

といっても、やっぱり、「ホラー解放説」には半信半疑の人が多いようですね。

それでは、「解放」までいかないまでも、その間近でホラーを語っている、マンガ家兼作家内田春菊の言葉をひいてみましょうか。

《少し前、松尾貴史が司会の映画の番組に出た時

「春菊さんにとってホラー映画とは？」

と聞かれたことを思い出しました。私はその質問に

「生きていることを確認するような感じ」

とかなんとか答えたんだったと思う。たとえばね、私この二月に（といってももう半年前か……早いな）第四子を産んだんですけど、夫が撮影していたビデオがあるのね。真正面から撮った。それはもう、見ようによってはホラーなわけですよ。子どもが出てくるところもそうだけど、生まれたあともあたしゃなんだかへその緒の残りとか出したまんま赤んぼ抱いて喜んでるしさ。いやー、変だよ。ふだん無い事にしているものが明るいところで展開されてる奇妙な感じ。でも、ふだん無い事にしているってだけで、実は沢山あるんだよね。でもずっと無い事にしてたい人もいるってことは知ってる。そんな感じですかね。ホラーってね。》

『隣人―内田春菊ホラー傑作選』（角川ホラー文庫）の「あとがき」の締めの部分です。さすが、養父との凄まじい生活をとらえた『ファザーファッカー』（文春文庫）や、性愛と感情の炸裂をたんたんと描く『キオミ』（角川文庫）といった小説の書き手らしい、みごとな

ホラー認識です。

「生きていることを確認するような感じ」と言えば、ふつう、がんばってすばらしいことを実現したときにつかうけど、ここでは、ほとんどの人が見ないように、まるでないものののようにしている血みどろな生命誕生を指している。見ているものも、見ないようにしているものも、みんなあわせて「生きている」のだけれど、見ないようにしているものは、ふだん見ていないだけ、よけいに「生きている」という実感をつれてくる、というわけです。

内田春菊という人は、「みんなあわせて」という調和型の生の賛歌ではなく、ふつうの人のみならずほとんどの作家が見ないようにして遠ざけているものだけを描くという、一種破滅型の生の賛歌をごくあたりまえにうたいつづけている。ということは、ずっとホラーをやっている、ということでしょうか。

わたしの解放感を内田春菊の「生きていることを確認するような感じ」につなげて言うと、それは、見ないようにし、遠ざけているさまざまな禁忌や仕組みなどからの解放感であるとともに、見ないようにしてきたものそのものとの直面から、ようやくその先へすすみでることが可能になったという解放感なのです。見ないようにしてきたものが、血みどろの生命誕生からも遠い、精神的身体的な「壊れ」や、血みどろの死だとしても、いやそれだけよけいに。

どうですか、少しは「ホラー＝解放」説に近づけましたか。うーん、まだか(笑)。

「新しい戦争」ではなく「壊れ」にこそ直面しよう

「科目ガイド」に掲げた講義概要です——。

閉塞した時代において、問題がたてつづけに起きるにもかかわらず、いっこうに解決されない。そんな解決不可能な問題群がどんどん蓄積され、あるとき、とうとうたえきれなくなった容れ物が、ぱちんとはじける。「壊れる」。わたしたちの社会が、そしてわたしたちじしんが——「壊れる」という言葉は今、いたるところにひろがりつつある。

わたしたちの時代のホラー表象(小説、映画、演劇、マンガ、アニメ、ゲーム……)は、こうした「壊れ」につながっている。つまり、恐怖の表象は、わたしたちじしんの表象でもある。

ホラー表象によってその一部が顕在化した「解決不可能性による内破」を、「ホラー的なもの」と呼んでおこう。「解決不可能性による内破」に直面するがゆえにこそ、この惨状を外へとそらす「新しい戦争」「テロとの戦い」に加担しない。グローバルな〈帝国〉が世界をおおい、「第二次世界内戦」ともよばれる「新しい戦争」が進行しているが、そんな戦争に「テロ警戒」の尖兵となり、地下鉄内できょろきょろするなど挙動不審状態に親しんでいる場合ではない。ホラー表象のみちびきによって、わたしたちじしんの「壊れ」に、「解決不可能性による内破」に直面し、それをくぐりぬけその先へ、と想像力をのばさなければならない。想像力、すなわちスプラッター・イマジネーション（血塗《ちまみ》れの想像力）。

ホラー映画の二大傑作、ジョージ・A・ロメロの『ナイト・オブ・ザ・リビングデッド』（一九六八年）とトビー・フーパーの『テキサス・チェンソー・マサカル（悪魔のいけにえ）』（一九七四年）から、アメリカ社会とホラーの関係をたしかめた上で、一九九〇年代はじめから現在まで、「ホラー的なもの」にかかわる文学上の試み、いわゆるホラー作家だけではなく、村上龍、村上春樹、桐野夏生、坂東眞砂子、小野不由美、貴志祐介、宮部みゆき、目取真俊、高見広春、岩井志麻子らの作品を徹底的に読みこもう。
ときにはエドワード・ゴーリーの陰鬱なる快作『ギャシュリークラムのちびっ子たち』(河出書房新社)などにも言及し、岡崎京子の「事件」とも言うべき傑作『リバーズ・エッジ』(宝島社)にもふれなければならない。それにしても、ホラーといえば、戦争グロなんてカンケイナイあの純エロな早見純がなつかしい?

読みあげているうちに、たぶんみなさん以上に、わたしじしんがわくわくしてきました。以上述べたことが、十回の講義の中で無事、話しきれて、そしてみなさんの関心や反応の乱反射でこの空間が埋められたら、と。

途中、グローバルな〈帝国〉という言葉がでてきましたが、これは、イタリアの活動家アントニオ・ネグリと、アメリカの研究者マイケル・ハートが書いた『〈帝国〉』(水嶋一憲他訳、以文社)からきています。ふたりの『マルチチュード』(幾島幸子訳、NHK出版)とともに、数回後に配布する「諸理論を学ぶための重要著作ガイド」を参照してください。
ああ、最後のマンガ家早見純については、講義で話す機会はないかもしれませんので、興味ある人は、たとえば、『ラブレターフロム彼方』（太田出版）や『血まみれ天使』（久保書店）を。エログロ・ホラーの極みですね。

「あたしにも無いけど　あんたらにも　逃げ道ないぞ　ザマアミロって」

さあ、岡崎京子の『リバーズ・エッジ』のふたつの場面にいきましょう。

岡崎京子は、一九八〇年代のなかごろから一九九〇年代のなかごろにかけて活躍したマンガ家です。一九九六年に交通事故にあい現在療養中。二〇〇三年に単行本化された『ヘルタースケルター』は、今にして思えば、ひとりの女の、現代社会からの、ではなく、現代社会への凄絶なる旅立ちの物語でした。みなさんの中にも、読んでいる人は多くいるはずです。

『リバーズ・エッジ』は、『ヘルタースケルター』の少し前、一九九三年から翌年にかけて雑誌「CUT·iE」（宝島社）に連載された作品です。

「街には　河が流れていて　それはもう河口にほど近く　広くゆっくりよどみ、臭い」。河原には地上げされたままになっている場所がある——そんな街に住む、高校生たちの物

岡崎京子『リバーズ・エッジ』(宝島社、2000年)

語です。語り手の若草ハルナがつきあっている山田君はおとなしい目立たない、ちょっときれいめの少年で同性愛者、まわりの男子からいじめられ、いつもぼこぼこにされています。そんな山田君にはひみつがある。河原で偶然みつけた死体を「僕の宝物」にしているのです。ホラーですねえ。

おどろくハルナに、この死体をみるとほっとする、勇気がでるんだ、と言います。一級下の生徒で、モデルをやっている美貌の吉川こずえも、この死体のことを知っていて、ときどきいっしょに死体を見にきているらしい。

さて、講義のはじまる前からスクリーンに映しだされているのは、ハルナ、山田君、吉川こずえの三人が死体を埋めるシーンです。ハルナが、死体を見たときの思いを吉川こずえに尋ねると、「あたしはね、〝ザマアミロ〟って思った」と言って、こんなふうにつづけます。

「世の中みんな　キレイぶって　ステキぶって　楽しぶってるけど　ざけんじゃねえよっ
て　ざけんじゃねえよ　いいかげんにしろ　あたしにも無いけど　あんたらにも　逃げ道
ないぞ　ザマアミロって」

ぎや――!!
惨劇はとつぜん起きる訳ではない
そんなことがある訳がない
それは実はゆっくりと徐々に用意されている進行している
アホな日常たいくつな毎日のさなかに
それは――
そしてそれは風船がぱちんとはじけるように起こる
ぱちんとはじけるように起こるのだ

岡崎京子『リバーズ・エッジ』（宝島社、2000年）

死体を見てほっとしたり、勇気づけられたりしている山田君にくらべて、吉川こずえは攻撃的ですね。また、山田君がきわめて個人的であるのにたいし、モデルとして人前にさらされている吉川こずえの反応はじつに対社会的と言っていい。死体という「壊れ」の極地、「ホラー的なもの」のあらわれを思いっきり、それをないようにふるまう社会にぶちまけています。

二番目のシーンは、ハルナたちのクラスメートの女の子を、まったく反対に地味でかっこわるく、引きこもりがちな姉が刺してしまうシーンです。こんな言葉が読めますね。

「惨劇はとつぜん　起きるわけではない　そんなことがある訳がない　それは実は　ゆっくりと徐々に　用意されている　進行している　アホな日常　たいくつな毎日の　さなかに　それは——　そしてそれは風船が　ぱちんとはじけるように起こる　ぱちんとはじけるように　起こるのだ」

この言葉の中に、いっそう「ホラー的なもの」を読みこむこと。たとえば「アホな日常、たいくつな毎日」の中にこそ、一九九〇年前後からはじまる「解決不可能性」の時代の静かな惨劇を読みこむこと。これが以後の「ホラー」であり、わたしの講義なのです。

そして、いつもの「トモダチ」がやってきた

『リバーズ・エッジ』からほぼ十年後の『ア〇ス』には、もう山田君も吉川こずえも、みあたりません。「トモダチ」がいない。いるのはウソの両親と、ドブドロの臭いのするナオミという変な名の私——だとすればもはや、「私」もいないのかもしれない。

そういえば、数年前から、学生たちの最大の関心事は「ともだちづくり」になっています。基礎演習など一年生のゼミで話すと、かならず「ともだちづくり」への不安と期待が

語られる。学科選択の基準も「ともだちづくり」が一番にくるらしい。いかにも不活発そうな人だけでなく、稀にいる明るく活発な人も同じ。とはいえ、べったりした関係はさらにいやだと言う。

「ともだちづくり」ということで、今とここにはない新しい関係、そのもっとも近い姿を「ともだち」というものにもとめているように、わたしには思えてなりません。だとすれば、この「ともだちづくり」はなかなか実現しない。むしろほとんどの場合挫折するでしょう。

「ともだち」を期待し求めつづけてきた「私」は、ついに「トモダチ」と出会います。それが、こころの中の怪物、ザカリアスなのです。「彼は射手座のB型　実家は鉄工場で　羊の皮をかぶった人殺し　子供を八つ裂きにし　その臓物をすすり　一晩に七つの夢を見て　紫のカギ爪は毒なので触ってはダメ。夜になると　わたしの部屋にしのびこみ　首をしめるが　殺しはしない。目を離してはダメ。彼の目から目を離しては。なぜならだって彼は　黒い運命の使者であり　背後にひそむ者の影であり　私の私の　私の私の私の　私の私の……　トモダチのザカリアスは！」

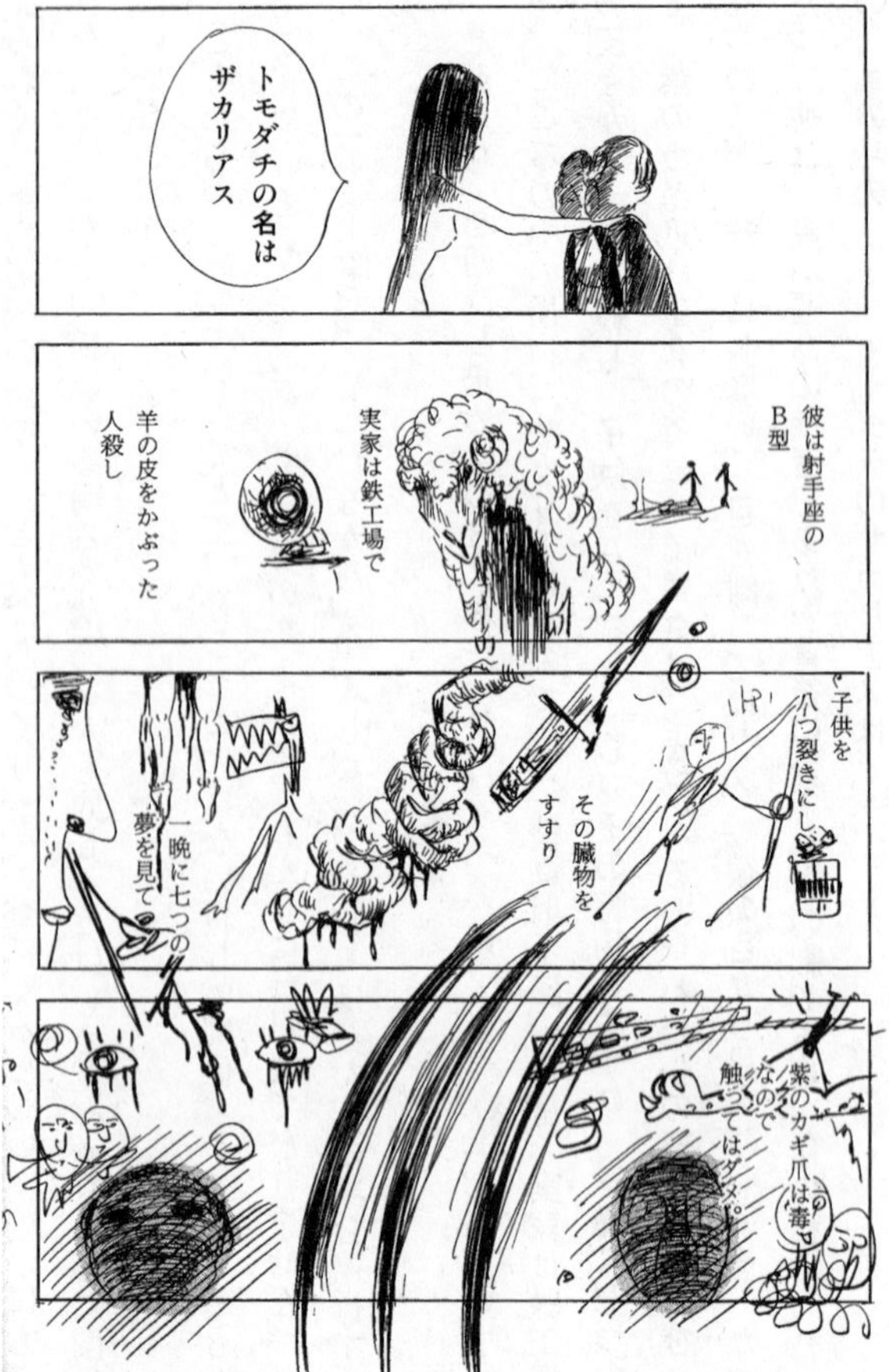

しりあがり寿『ア○ス』（ソフトマジック、2002年）

ホラー的なもののあらわれ、解決不可能性による内破が、「私」に起きているのです。物語は、ザカリアスに出会った「私」が外の「トモダチ」をもとめてさまよいますが、ついには彷徨を周囲から阻まれてしまいます。脳の手術を受け、あつまった人々に「アリガトウ」と言うと、「私」はみなから祝福の拍手を受けます。ここにいていいんだ……しかしそれは、「壊れ」さえないものにする社会によってでした。この物語を閉じた瞬間、読者はからっぽなままでも、今すぐ彷徨をはじめねばならない、と思うにちがいありません。『ア○ス』は、「ホラー的なもの」を表現するとともに、その先の廃墟をさらに歩むことをうながしている、と言ってよいでしょう。

「異化」を学ぶための参考資料

さて、講義のはじまりのところで指摘した「異化」を学ぶための参考資料をつぎに挙げます。①と②については、第五回講義の「諸理論を学ぶための重要著作ガイド」も参照してください。①は「異化」を提起した記念すべき論文の、中心部分です。これが一九一七年、ロシア革命の年に発表されたことも記憶にとどめてください。革命の時代における

「芸術の革命」の理論的実践のひとつでした。②は、この「異化」を、「同化」に抗する力として先鋭化するとともに、「歴史化」という観点をさしこみ、見慣れた世界から「別な世界」への通路を示すものとして鍛えあげました。③と④は、「異化」をそれぞれの関心、言葉で言いあらわした文章です。精読して、言葉も考え方もみなさんじしんのものにしておくように。

①ロシアの文学研究者ヴィクトル・シクロフスキー『手法としての芸術』一九一七年

「私は部屋のなかをふき、あたりを歩きまわっているうちにソファーの近くにきたが、このソファーをふいたのか、ふかなかったのか、どうも思いだせなかった。これらの動作は習慣化し、無意識的なものになっていたので、私は思いだすことができず、思いだすのはもう不可能だと感じたのであった。こういうわけで、もし私がふいておきながら、そのことを忘れてしまったのであれば、つまり、無意識的に行動したのであったならば、それはなにもしなかったも同然である。もし誰かが意識的に見ていたならば、それを心の中で再現することができたであろう。もし誰も見ていなかったならば、また見ていたとしても無意識的にそうしたのであれば、再現は不可能であろう。また、多くの人たちの全生活が無意識のうちに過ぎていくとするならば、その生活は存在しなかったも同然である。(一八九七年二月二八日、ニコリースコエでのレフ・トルストイの日記メモ)」

こうして無に帰せられながら、生活は消え去っていくのである。自動化作用は、ものを、衣服を、家具を、妻や戦争の恐怖を飲み込んでいくのである。

「もし多くの人たちの複雑な生活全体が無意識的に過ごされてしまうのであれば、その生活は存在しなかったも同然である」。

そこで、生活の感覚を取りもどし、「もの」を感じるために、石を石らしくするために、芸術と呼ばれるものが存在しているのである。芸術の目的は、認知すなわちそれと認め知ることとしてではなく、明視することすなわち「もの」を感じさせることである。また芸術の手法は、ものを自動化の状態から引きだす異化の手法であり、知覚をむずかしくし、長びかせる難渋な形式の手法である。(中略) レフ・トルストイの異化の手法は、ものをその名前で名指さず、はじめて見られたかのように描写し、また出来事を、はじめて起こったかのごとくに描きだすのである。(磯谷孝訳)

②ドイツの劇作家ベルトルト・ブレヒト『実験的演劇について』一九三九年

異化とはなにか？　ある出来事ないしは性格を異化するというのは、簡単に言って、まずその出来事ないしは性格から当然なもの、既知のもの、明白なものを取り去って、それにたいする驚きや好奇心を作りだすことである。……リヤ（シェイクスピア『リヤ王』）がしたような経験は、あらゆる人間のあいだで、またあらゆる時代に、怒りを生じさせるとは限らない。怒りは人間にとって永久にあり得《う》べき反応である。だがこの怒り、こうしたあらわれ方をする、こうした原因をもった怒りは、時代とむすびついている。異化するということは、だから、歴史化するということであり、つまり諸々の出来事や人物を、歴史的なものとして、移り変わるものとして表現することである。……人間はあるがままのものとしてだけでなく、あり得べき別のものとしても考えられるし、状況もまた、あるがままのものとは別なものとしても考えられる。（千田是也訳）

③フランスの批評家ロラン・バルト『神話作用』一九五七年

当時わたしは、フランスの日常生活のいくつかの神話について、規則的に考察しようと試みていた。この考察の素材は極めて変化に富むことになり（新聞記事、週刊誌の写真、見世物、展覧会）、そして主題は極めて任意的になっている。もちろん、わたしの現実が問題になっているのだ。この考察の出発点は、もっとも多くは、ジャーナリズム、芸術、常識が、ある種の現実、われわれがその中に暮らしているからといって完全に歴史的でないわけではない現実にまとわせる〈自然さ〉を前にしての、いらだちの感情である。一言で言えば、われわれの今日的現実の記述において、「自然」と「歴史」がいつでも混同されているのを見て苦しんでいたのだ。（篠沢秀夫訳）

④アメリカの歴史学者スティーヴン・J・グリーンブラット『悪口を習う』一九九〇年

……すべて声というものは異質な経験の糸を撚り合わせて織りあげられるから、その織り方を理解しようとすればいいのだ。私のかかわっている計画とは、すでに身近で当たり前のものを、改めてものめずらしくすることである。われわれの一部となって頭を悩ませることもなく決して動揺を見せないもの（たとえばシェイクスピア）も、実際はなにか他

のもの、なにか異なるものの一部であると証明することである。（磯山甚一訳）

第二回講義　遭遇

——まずは壊れた人間からあらわれる…

『ぼっけえ、きょうてえ』と出会ってしまった

ホラー論、第二回目です。

前回は、講義の全体像を、講義要項にそって話しました。ホラーとわたしたちのあり方とをホラーと乗り合わせてしまったわたしたちにとって、往き来しながら、一九九〇年代にはじまり今にいたる「解決不可能性による内破」の惨状を明らかにしよう、そのためにはいわば「血塗れの想像力」すなわちスプラッター・イマジネーションが必要となる、それが前回の話でした。

わたしは、ホラー小説研究を専門にしているわけでも、ホラー全般の研究者でもありません。わたしがホラーをつよく意識しはじめたのは、じつは、近年のことです。暗闇の中「まずは壊れた人間からあらわれる」という、おどろくべきシーンを出現させたホラー作品、岩井志麻子という作家の『ぼっけえ、きょうてえ』（岡山方言で「とても、怖い」の意味）と出会うことで、「ホラー」の再確認を迫られたのです。

ある映画雑誌から、最近のホラー映画について感想をもとめられたときはまだ、わたしの中でホラーは、関心のなくはないひとつの漠然としたジャンルにとどまっていました。

わたしが批評を書いていてよかったと思うことのひとつは、未知の編集者からの突然の依頼です。なぜかその編集者はわたしのことを知っていて、その上で、わたしがほとんど自覚していないテーマや対象をすっとさしだしてきて、わたしをおどろかせるのです。「これを書くのはあなたしかいない」、「あなたはこれを書かなくてはいけない」、「今これを書かなければきっとあなたは後悔する」などなど。

今まで、幾度となくこうした一種強引な促しによって、興味深いテーマと対象に対面してきました。それらはきまって、自覚していなかったけれども、いつかは、かならず対面しなければならないテーマであり、対象でした。そしてその対面は、あとからみれば、きまってわたしの転機になっています。

『ぼっけえ、きょうてえ』
岩井志麻子（角川書店、1999年）

ずいぶん以前から、編集者と原稿の受け渡しなどで実際に会うことはなくなっています。ファックスが、そしてメール添付での原稿データ送付が、執筆者と編集者の距離を限りなく遠くしました。だから、突然の依頼でわたしをおどろかせる編集者も、ほとんどは顔を知りません。しかし、声しか知らない編集者ゆえに、かえってわたしはその突然の依頼が、わたしの内部の意識されない、しかもあと少しで意識の表面にあらわれるテーマや対象からの声のような気がしてくるのです。よく知られた映画雑誌の未知の編集者の依頼もそうでした。「ホラー映画について書いているのを見たことはないが、そろそろ書いてもいいのでは」と、その声は言いました。これまでの体験からわたしは、おどろくような依頼であればあるほど、拒めない。「はい、よろこんで」と、どこかの居酒屋の店員さんみたいな返事を(笑)、即座にしたことをよく覚えています。

ホラー・ブームのただなかにふみいれる

わたしはそれまで、ジョージ・A・ロメロ監督の『ナイト・オブ・ザ・リビングデッド』(一九六八年)やトビー・フーパー監督の『テキサス・チェンソー・マサカル(悪魔のいけにえ)』(一九七四年)からはじまるアメリカのホラー映画についてはもちろん、スティーヴン・キングやディーン・R・クーンツ、クライブ・バーカーらの小説、また、坂東眞砂子や貴志祐介といった作家たちの作品に親しんでいないわけでは、けっしてなかった。

しかし、それらは、とりたてて問題にするまでもないホラーというジャンルの中の、よくできた個々の作品でしかなかったのです。

締め切りまでの二週間たらずの時間で、わたしはそうした作品の記憶をたどりつつ、最新のホラー映画を観、ホラー小説をてあたりしだいに読んだのですが、中に、少し前に日本ホラー小説大賞を受賞した、岩井志麻子の『ぼっけえ、きょうてえ』はありました。

この奇妙なタイトルの——「すごく、怖い」という岡山方言であることを知れば、じつに大胆不敵なタイトルの——短篇を読みながら、わたしは、わたしの中で「ホラー」あるいは「ホラー的なもの」が、爆発的な生成をとげるのをたしかに感じていました。けっしておおげさな物言いではありません。それは、ほとんど肉体的な痛みと苦しみをともなっていました、嫌悪や忌避とは遠い痛みや苦しみを。

物語にあふれる恐怖をホラー的な趣向が軽減するという意味では、『ぼっけえ、きょうてえ』をたんなるホラーとしてではなく、ポスト・ホラーあるいは超ホラーとみなしうるかもしれない。しかし、それゆえにこそ、「ホラー的なもの」の輪郭をはっきりと描きだしている、と言えるでしょう。読んでみて、わたしは、この作品を多くの人たちが話題にしていたことを思いだしました。それで、とりあえず、買っておいたのですね、たぶん。小野不由美の、分厚い二冊本の『屍鬼』も、おなじでした。

わたしは流行や話題作には、できるだけ接しようと努めてきました。反俗をきどって流行や話題から遠ざかろうとすればするだけ、逆に流行や話題に支配されてしまうからです。とくに見えない文化的な流行や話題は、それらが顕在化されるときにはすでに、わたしたちの内部にも同様の傾向が認められることが多い。流行や話題とは、幾分かはわたしたちじしんの問題であり、「流行や話題作」へのまっとうな羞恥ゆえに、それらから離れようとすれば、わたしたちじしんから目をそらすことにつながりかねない。流行や話題作にかかわるのは、したがって、わたしたちがそれによって無自覚なまま支配されないために、わたしたちがわたしたちを、きちんと明視するために必要なのです。

『ぼっけえ、きょうてえ』を読んで、わたしの中のホラー体験が、どっとあふれでてきました。じつは、わたしの中で、ずいぶん以前から、ホラー・ブームはひそかにつづいていたことになります。

待ち望んでいた小説の出現

『ぼっけえ、きょうてえ』は、第六回日本ホラー小説大賞受賞作です。大賞というと、大長編小説を思いうかべるのがふつうですが、これは四百字詰め原稿用紙で六十枚の短編小説です。応募作品のなかにはなんと四千枚近い大作があって注目を集めたらしい。しかし、この六十枚の作品に、はるかにおよばなかった。なんとも、劇的な受賞です。こういう「逆転」のドラマは、どの分野できいても、なにかこころがいきいきとしてきますね、なぜか。

選者は荒俣宏、高橋克彦、林真理子。荒俣、高橋は純然たるホラー小説の書き手でもあります。林真理子は、意表をつくふるまいや行動がホラー。そんな三人の、おどろきの「選評」を引いてみましょう。

《……大賞に輝いた「ぼっけえ、きょうてえ」は、わずか六十枚の片々たる作品だったが、すごくて、しかもおもしろかった。「すごい」ほうは、岡山弁で語られる明治後期の地方事情。よくぞここまでリアルに、と感心した。一方、「おもしろい」ほうは、何といっても語りのテクニックである。（中略）遊郭での遊女と客の寝物語という奇妙なコミュニケー

ション環境の中で、物語は貧しい社会ゆえの悲劇を語る。(荒俣宏)
……奇跡が起きた。四千枚の作品をも凌ぐ短編が本当に出現したのだ。わずか六十枚そこそこなのに、とてつもなく怖くて密度が濃い。一行目からすでに圧倒された。まさに正統的な怪談で、この小説の出現こそホラー大賞が待ち望んでいた、と書いても大袈裟にはならない。『ぼっけえ、きょうてえ』というタイトルのつけ方からして尋常ならざる資質を感じさせる。描写力もただものではない。読んでいる間中、背筋の寒気が取れなかった。(高橋克彦)
『ぼっけえ、きょうてえ』には驚いた。科学ホラー全盛の今日にあって、原点ともいうべき場所に戻り、そしてそれをさらに進化させているからである。私は本来、土俗的な恐怖が好みなのであるが、そうした個人的な好みは別にしても、これには高い得点をつけた。(林真理子)》

一九九九年の大賞受賞時に、しかも日本ホラー小説大賞でなお、「怪談小説」という古風な言葉が使用されていたことはいささかおどろきですが、ホラー小説の書き手としても知られる三人の作家が、ひとしく絶賛していることがわかります。わたしのみるところ、現在までのホラー小説で、短編ではこの『ぼっけえ、きょうてえ』、長篇では小野不由美の『屍鬼』が最高の作品ですね。

「うつらうつらと血の池じゃ」

『ぼっけえ、きょうてえ』の中で、不安定な「語り」によってつむぎだされる、年季明けをひかえた二十三歳の女郎の夢は、人々を暗黒から光明へとつれだす装置＝開通したばかりの陸蒸気の鉄路を逆にたどります。

その夢は、戦争（日清戦争）に行きついた近代の光明をおしげもなくふりすて、薄暗がりから暗黒へ、そして暗黒のさらに奥へ、無残さのきわみにむかって、ひたすらのびていくのです。そこにあらわれる「なんにもない景色」の、抗しがたい魅力。

語り手は、その顔の半面に棲まわせている「姉ちゃん」（これが物語中ただひとつの「ホラー」的仕掛けです）に、生まれてからずっと死に隣り合わせて生きてきた短い半生を、生まれた場所に帰る道筋に託して語りかけます。

《帰りたいんかて？

いいや、そこしか帰るところがないからじゃ。

誰もおらん、誰もまっとらん、荒れ放題の掘っ立て小屋じゃ。外で寝る方がましいうほどの代物じゃ。血と糞と怨念のしみついた臭い場所じゃ。

子潰し婆がおらんなっても、相も変わらず水子はあの河原に捨てられて泣いとるじゃろ。

それでも妾《わたし》はあそこに帰る。

できたら陸蒸気が津山で停まらず、地獄まで直に通じとったらな、と願うわ。

陸蒸気に乗って、ええ気持ちでうつらうつらしたとするじゃろ、そしたら……寝過ごして津山駅を行きすぎて、ほんまものの地獄に着く。うつらうつらと血の池じゃ。

その地獄に着くまで、窓からはどんな景色が見えるんじゃろ。いきなり、針の山や血の池は見せんよな。鬼も急には出てこんじゃろ。まずは壊れた人間からあらわれる。

きっとなんにもない景色じゃろうな。

赤い地面、黒い空、真ん中を流れる泥の川。飛ぶのは痩せた鳥。

大方、それは生まれる前に見た景色じゃな。

なあ姉ちゃん。一緒に帰ろうな。》

誰もおらん、誰もまっとらん、荒れ放題の掘っ立て小屋。血と糞と怨念のしみついた臭い場所、それでも（いや、それゆえにこそ）妾はあそこに帰る――なんという決意でしょう。

わたしは、芥川龍之介の『六の宮の姫君』の、真っ暗の中にただ風ばかりが吹いているという末期の景色にひかれてきましたが、この「なんにもない景色」はそうした景色をいっそうつきつめたものと言えます。

ここで見逃してはならないのは、夢が「なんにもない景色」にたどりつくころ、世界がにわかに親和性をもってたちあらわれてくることです。

「壊れた人間」や、「赤い地面、黒い空、真ん中を流れる泥の川。飛ぶのは痩せた鳥」が、なんにもない景色の中で共振しはじめます。

「妾」は、この共振しはじめる世界でこそ、「妾」の中の「姉ちゃん」に親しく呼びかけうるのです。「妾」を幸福にしない近代の光明からの呼びかけを拒んではじめて可能になる、つぶやき声での「呼びかけ」と新たな共感の誕生が、ここにはあります。

人々からはなれ、名前をすて、なにもない景色にとけこんでいく「妾」を怪物と呼ぶとすれば、世界はこの怪物に親しく、近代の光明に加担することはないのです。

近代の光明の無惨さをみすえながら、ゆっくりとあとずさりしていく怪物に、わたしはわたしを、そしてこの時代を生きるわたしたちを、かさねてみる――すると、それ以上はしりぞけない、低くて暗い場所が、一瞬、黒々と輝いて浮かびあがるような気がしました。

かけがえのない「おぞましさ」があふれでた

わたしは『ぼっけえ、きょうてえ』にうながされつつ、「未知の生への血みどろの想像力《スプラッター・イマジネーション》――一九九五年以後のホラー・ブーム事情」というタイトルの文章を書きました（『キネマ旬報』二〇〇〇年二月上旬号）。ホラーの基礎知識と、ホラー・ブームの一端がわかるはずなので、プリントにしました。今にして思えば、二〇〇〇年前後がホラー・ブームのひとつのピークだった。それ以前と、それ以後、現在にいたるホラーのあり方を考える上でも参考になるはずです。では、読んでみます――。

恐怖と訳されるホラー（horror）という言葉は、恐怖を意味する類語（fear, dread, terror, panic など）とくらべれば、恐怖は恐怖でもつよい嫌悪感をともなう恐怖をさす。

それは、スリリングな恐怖や、慌てふためく恐怖や、遊園地的な爽快なる恐怖といったものからは遠い、「おぞましさ」「まがまがしさ」がきわだつ恐怖、マンガの擬音では「げぼげぼ、ゲロゲロ、ゲゲェッ」といった、ぞっとする恐怖なのである。

ジャンルを問わない近年のホラー・ブームにあっては、恐怖の要素がわずかでも含まれていればなんでも「ホラーもの」になってしまうのだが、ホラーという恐怖の核心に「ぞっとするおぞましさ」があることを確認しておいたほうがよい。そして、わたしたちがもっともおぞましく感じるのは、わたしたちの身体的変形あるいは内破、すなわち身体の破壊と血や内臓などの外部への流出あるいは散乱(のイメージ)であるということも。

それを確認してはじめて、わたしたちがそうした「ぐちゃぐちゃで血みどろのおぞましさ」に惹きつけられ、魅せられてしまうという「奇妙さ」がうかびあがるからである。いったいこれはどうしたことか、と世の常識家たちが嘆きつづけてきたのは言うまでもない。

しかし、『血の祝祭日』(ハーシェル・ゴードン・ルイス監督、一九六四年)、『悪魔のいけにえ』(トビー・フーパー監督、一九七四年)、『ゾンビ』(ジョージ・A・ロメロ監督、一九七八年)、『ザ・ブルード/怒りのメタファー』(デビッド・クローネンバーグ監督、一九七九年)、『死霊のはらわた』(サム・ライミ監督、一九八二年)、『CURE』(黒沢清監督、一九九七年)といったホラー映画の傑作は、この「どうして」という疑問をかるがるとしりぞける。

それらは、わたしたちの感情の中に「おぞましさ」の領域を実感させるとともに、これなしにはわたしたちの感情世界がゆがみ、むしろ奇妙なものになってしまうといった思いをいだかせるのである。悦びや、楽しみや、哀しみや、苦しみや、おかしみとならんで、おぞましき恐怖もまたわたしたちの感情のひとつであり、しかも、強烈な感情においては、それらのすべての感情がわかちがたくむすびつき、わたしたちを根底から揺さぶり動かす——たとえば、血しぶきを浴びたホラーがまったく別の生への狂おしい希求とかさなりもする、ということを教えてくれる。それらの作品がしだいに宗教的な趣を呈しはじめるのも、けっして不思議ではない。

ホラー映画の愚作は逆に、「おぞましさ」という感情を偶然でその場限りのものとして、わたしたちの外に押しやってしまう。映画の前と後の「わたし」は変わらないどころか、ますますわたしは常識的で退屈な「わたし」に閉じこめられてしまう。ホラーものを口を極めて非難する常識家は、じつは、とるにたらないホラー映画の熱烈な支持者なのである。

一九九五年という切断線

ホラーがわたしたちの感情にかけがえのないものだとして、したがって、すぐれた作品にはかならずホラー的なものが見え隠れするのだとしても、ホラー的なものが作品において突出する時代、多くの作品がホラー的なものをきわだたせる時代が、たしかにある。わたしたちが生き、そして今生きつつあるこの時代、一九九五年以後の時代である。

もちろん、現在にいたるホラー・ブームが一九八〇年代なかごろにはじまっていることを知らないわけではない。しかし、八〇年代後半のそれはたとえばホラーコミック誌『ハロウィン』がアメリカのホラー映画シリーズ『ハロウィン』からきていることからも明らかなように、アメリカのホラー映画ブームの影響の色濃いものであった。またそれは、「不思議、大好き。」なポストモダン的な気分にうながされた軽いノリの流行とも言えた。ホラーは、背後霊やおまじないや血液型性格判断や、ちょっと気になるオカルトなどといっしょに消費されたと言ってよい。わたしたちの多くは、ジャパン・アズ・ナンバーワンの神話のもと、余裕をもって「血みどろのおぞましさ」を楽しんでいた。それゆえ、宮崎勤事件でホラービデオ・バッシングがはじまると、あわててホラーから遠ざかることもできた。

一九九五年という年が、バブル崩壊のあとまだわずかに残っていた余裕をわたしたちから最終的に奪い去った年であることは、あらためて指摘するまでもない。阪神淡路大震災は都市と最新技術への信頼を消滅させ、オウム真理教事件は「こちら側」の価値もすっかり失われてしまっていることを露呈させた。米軍兵士少女暴行事件がきっかけとなった沖縄の激動は、「日本」の虚構性をうかびあがらせ、薬害エイズ問題は「これだけは立派な高級官僚」の大ウソを暴いた。これら一連の出来事が、九五年という時代の切断線を物語る。

現実の問題を解釈し説明し解決の方向を指し示してきた「常識」の根幹が無効になり、その結果、現実は「なんだかわからないもの」のかたまりと化す。家庭が、子どもが、主婦が、集団が、会社が、そして経済が……「なんだかわからないもの」へと、とめどなく変形(怪物化)し、そして内破しはじめるのである。現実のホラー的変容と言ってもよいだろう。この変容は現在、文化的保守主義やナショナリズムの称揚によっていささかも解消しないばかりか、いっそうとらえどころのないものになっている。

ベトナム戦争後の社会的混乱と経済不況とがかさなった、一九七〇年代なかばから八〇年代なかばにかけてのアメリカの特異な社会状況がうみだした独特なホラー映画ブーム。それを、近いところで受容しうる環境が九五年以後、露呈してきたことになる。

ホラー的なものが果てしなく増殖してゆく

こうした現実のホラー的変容を先どりしていたのが、マンガの『ドラゴンヘッド』(望月峯太郎)であった。一九九四年に連載がはじまったこの不可解な物語の舞台は、「なにかが起きて」出現した薄暗い、どこまでもひろがる廃墟である。中学生の少年と少女の、サバイバルと呼ぶにはあまりに生への執着が希薄な彷徨は、しかし、廃墟にひそむ奇怪な人々との血みどろの惨劇を招きよせるしかない。『ドラゴンヘッド』は完結がしだいに遠ざかるかっこうで、現在も連載中である。

アクション系ゲームのホラー化を代表するのが、九六年の『バイオハザード』である。謎のバイオハザードによって人がゾンビとなってさまよう街での、これまた血みどろの活劇。ゲーマーたちの圧倒的な支持のもと、シリーズ化されて現在にいたる。『ザ・ハウス・オブ・ザ・デッド』、『サイレントヒル』といったホラーゲームも人気がある。

一九九三年に設けられた「日本ホラー小説大賞」（角川書店・フジテレビ主催）が注目を浴びたのは、九五年、瀬名秀明のバイオ・ホラーの傑作『パラサイト・イブ』によってである。翌年、貴志祐介が、阪神淡路大震災後の街で超能力女性と多重人格障害の少女が出会うところからはじまるカルトホラー『ISORA』で登場する。さらに、『玩具修理者』の小林泰三、『ぼっけえ、きょうてえ』の岩井志麻子、また、すでに『死国』などすぐれた作品を書いていた坂東眞砂子、とホラー小説の有力な書き手がつぎつぎにあらわれて、角川ホラー文庫ブームをもたらしている。

一本の呪われたビデオテープが謎の惨劇をもたらす『リング』（一九九一年）を発表していた鈴木光司が、続編『らせん』で一躍ベストセラー作家になるのも、九五年である。死んだ女の怨念、念力といったオカルトホラーは、DNAをめぐるバイオホラーへと展開し、三部作完結編である『ループ』（一九九八年）ではさらに、コンピュータ世界でくりひろげられるサイエンスホラー的物語に成長する。鈴木、瀬名、坂東、貴志らの作品がつぎつぎに映画化されていることは周知のとおりである。

血みどろの笑い、血みどろの勇気のほうへ

神戸の中学生による連続殺傷事件と連載時期が重なった『イン・ザ・ミソスープ』（一九九七年）では、村上龍がそれまでにない異様な熱心さで、「自分が何者かわからなくなる」男の執拗な惨殺シーンを書き、また同年、しゃれたハードボイルドの書き手であった桐野夏生は『ＯＵＴ』（九九年にテレビドラマ化される）で、それぞれ陰鬱な環境に閉じ込められた主婦たちの、風呂場での死体解体を克明に描いた。はなはだしいおぞましさがやがて解放感に転じていくような印象からは、ホラー作品が未知の時代と未知の生への血みどろの想像力という面をつよく意識しはじめたことを確信させる。

九五年の『学校の怪談』（平山秀幸監督）から本格的にはじまったホラー映画ブームは、サイコホラー映画の傑作『ＣＵＲＥ』（黒沢清監督）や、『リング』（中田秀夫監督）『らせん』（飯田譲治監督）、ホラーマンガの伊藤潤二原作の映画化である『富江』（及川中監督）などで、ホラーブームの話題の中心におどりでた。しかし、「おぞましさ」を過去へとしりぞ

かせ、どうにでもなる「霊」をちらつかせる安易な傾向もすでにあらわれていると言わねばならない。そうした傾向にしたがうのではなく、このブームを引きよせた九五年以後の環境をみすえ、わたしたちの時代と生の根底的な変容を探りあてようとする血みどろの想像力をいかに働かせるか。

たとえば、毎日どこかで電車の前に身をおどらせるリストラ男の血みどろの惨劇とふれあい、崩壊してしまった学級へゾンビのように通う子どもたちの日常に交叉し、また、総保守化の政治によって抑圧されているさまざまな「別の道」と出会う——そのような想像力がつよくもとめられている、と言ってよい。

その想像力で、たとえば『OUT』に芽生えているおぞましさの解放感を、おぞましさをうしなうことなくいっそう解放的なものにしつつ、たとえばサム・ライミ監督の、スプラッター(血みどろ)と笑いが相互に恐怖をたかめる傑作『死霊のはらわた』を超える映像をわたしたちの環境において実現する——そこに血みどろのおぞましさと、血みどろの笑いと、血みどろの勇気をはっきりと刻み込むことが、望まれるのである。

——これを書いたあとも、というよりさらに、わたしはホラーおよび「ホラー的なもの」

を確認する作業に没頭しました。つまり、わたしが書いたホラー論は、ホラー論のまとめにはならず、出発点の、そのまた助走にあたるものになったのです。わたしは古本屋で角川ホラー文庫や学研ホラーノベルズなどをあさり、ホラー作家たちの作品を過去へとたどりなおしました。

すると、「ホラー的なもの」が、たんにホラージャンルにとどまらず（だから「ホラー的なもの」なのだが）、すぐ隣りのジャンルであるミステリーはもとより、いわゆる現代文学においてもすでに色濃くあらわれていたことが、わかってきました。村上龍、村上春樹、藤沢周、赤坂真理、そして町田康や阿部和重の作品にも、「ホラー的なもの」は浸透していたのです。

また、日本におけるホラー・ブームが、一九九五年前後にはっきりしてくるのだとしても、これはもう少しさかのぼることができるのではないか。惨劇が急に起きるのではないのとおなじく、ブームもまた急に起きるのではない。すると、一九九〇年前後の時代がうかびあがってきました。世界史的な意味での「解決可能性」が退場していく時代が――。

社会の中で思考するアマチュアとして

一九九五年にはじめた講義課目「現代の文学と文化Ⅰ」は九九年まで、村上龍、藤沢周、赤坂真理、そして町田康、阿部和重、目取真俊といった作家の作品を「突発的暴力」という視点から扱っていたのですが、それを継承しつつ「ホラー的なもの」というより大きな問題をとりあげてみよう、ということで二〇〇一年から、「ホラー論」をはじめたのです。

前にも言ったとおり、わたしは、ホラー小説研究を専門にしているわけでも、ホラー全般の研究者でもありません。わたしは、もともと「〇〇専門家」とか「〇〇の研究者」といった規定がなじめない。

特定のテーマ、特定の対象について考察をすすめていくと、かならず「保守化」がしのびこむ。内容の保守化とは必ずしも一致しない、形式においてかならずはじまる「保守化」です。それは、「〇〇の専門」であることを守ろうとして、いかに〇〇が重要で他のすべてに優越するかを、過剰に考えるようになる。研究それ自体を深めていくのではなく、研究の意義ばかりを自他共に納得させようとする。

「文学」研究にとりくむ、「批評」を書く、「漱石」を学ぶ、「村上春樹」を考察する……ということ自体はなんの問題もない。やればいいのです、徹底的に。しかし、やりはじめてすぐ「専門」の魔力がその人をとらえてしまう。つまり、「文学」は「政治学」や「法学」などにくらべ格段すぐれている、漱石は鷗外より芥川龍之介より、現代文学よりはるかにレベルが高い、といったふうに。そして、それがみずからの存在意義にすり替えられ、やがてそれが「専門」職をもたらしてくれるとすれば、なおさらです。わたしは、学生時代のはじめから、「専門」がもたらす保守化に気づいていました。従来の秩序をささえる保守化は、いきいきとした関心を、のびのびとした思考を殺してしまう。わたしが「批評」というじつにあいまいかつ自由なジャンルを活動の場としてえらんだのは、そうした点からもきています。

エドワード・W・サイードは、とても残念なことに、イラク戦争がはじまった二〇〇三年に亡くなりましたが、社会思想、ポスト植民地文化論、権力論、文学理論などの分野を横断的に研究した二十世紀後半を代表する思想家のひとりです。サイードは、その著書『知識人とは何か』(大橋洋一訳、平凡社)で、つぎのように述べています。

《……知識人にとって問題になるのは、わたしが論じたような現代の専門化(プロフェッショナライゼーション）の障害について語るとき、それを見て見ぬふりをしたり、影響を否認したりするのではなく、専門化という価値観とは異なる一連の価値観や意味を表象するには、どうするかということである。専門化とは異なる一連の価値観や意味、それをわたしは「アマチュア主義（アマチュアリズム）」の名のもとに一括しようと思う。アマチュアリズムとは、文字どおりの意味を言えば、利益とか利害に、もしくは狭量な専門的観点にしばられることなく、憂慮とか愛着によって動機づけられる活動のことである。現代の知識人は、アマチュアたるべきである。アマチュアというのは、社会の中で思考し憂慮する人間のことである。（「Ⅳ・専門家とアマチュア」）》

ここでの「知識人」とは、古めかしい、特権的なエリートのことではありません。むしろ特権的でエリート臭ただよわせる専門家に対立する、その意味では、「反・知識人」と言ってよいでしょう。社会の中で思考し憂慮するアマチュア。「批評」を書く者として、そうでありつづけたい、すばらしくも苛酷な戒めですね、これは。

第三回講義　時代

――一九九〇年前後からはじまった「解決不可能性」の時代

問題はつぎつぎに起きるのに、いっこうに解決しない

今日は、ホラーと時代について話します。

わたしたちの社会では、一九九〇年前後から、問題はつぎつぎに起きるのに、いっこうに解決しないばかりか、解決の途がしめされない――「解決不可能性」の時代がはじまったのではないか。そして、この「解決不可能性」こそが、ミステリー・ブームをおしのけたホラー・ブームを下支えしている、とわたしは考えています。

ここに一枚の、奇妙な文書があります。

大学というところは、そしてとくに早稲田大学というところは、まるで街頭のような場所で、いろいろな人々が歩いています。社会人の学生が増えたのでとくにそういう気がします。とても、風とおしがよく、活気がある。大学＝街頭化、大賛成です。で、ときどき研究室に妙なものが投げこまれます。明らかに学生とわかるものもありますが、大半はそうではない。この文書もそのたぐいのもののひとつです。

わたしの隣のふたつの研究室に投じられ、芭蕉学者と西鶴学者の著名な先生が、「これはきっと、きみのところにいくはずのものが誤配されたのだ、けしからん」と怒って（笑）、

わたしのところに持ってこられた。ドアの下の隙間から差しこまれていたという。今から数年前のことです。わたしは目をとおしてすぐ、これがじつに興味深い文書であることに気づきました。

なにが興味深いか。スクリーンに映しだしてみましょう。こういう手書きの文書を見ると、今はすっかりワープロ文書に見慣れてしまったからか、妙にリアルですね。手書きがふつうの時代にはなんでもなかったものが、今や気持ちが悪くなるぐらい「人」の感触をつたえてくれるものになったのですね。この手書きで、この内容ですから。

「突然で申し訳ないのですがぜひみなさまの御協力を賜りたいと思うことがあり、手紙を書くことにしました」とはじまるので、公開の意思ありとみなし、こうしてみなさんに示しているわけです。「一九九六年三月〜六月までの三か月間、長女が通っていたF駅近くにある英語塾で出会った人物に、あまりに不審な点が多かった為、一九九七年七月一〇日(木)、私はA警察署に出頭し、Nと名乗るその人物を調査するよう依頼しました。一見、紳士風で、見た目は四十歳代後半ですが、実際の年齢は六十歳ぐらい。東京大学の教育学と社会心理学の大学院卒業で、留学経験があるという経歴(防衛大学にも勤務している）。あの宮崎勤とビデオテープを交換していたなどと自ら生徒達に話していた。昔、X予備校で講師をしていたのだが、ある理由でクビになった。マインド・コントロールや催眠技術、インターネットに詳しい。これらのことからこの人物こそが、神戸児童連続殺傷事件、オウム宗教関連事件、連続幼女誘拐殺人事件、豊田商事事件、女子高生コンクリート詰め殺人事件、伝言ダイヤル殺人事件、インターネット関連事件（ドクター・キリコ等）など、数々の凶悪な事件を背後で操っていた真犯人にまちがいないと私は確信しています。すべての真実が一日も早く明らかにされることを願っています」（註・駅名、警察署名などはここではイニシャルをもちいた。駅は首都圏の私鉄の駅である）

そしてこのあとに、連絡先として、住所と氏名（女性で旧姓も記されている）と電話番号があります。そして――「※その後、一九九九年八月一日（日）にF駅前交番勤務の警察官が来宅し、この人物について現在捜査中であることを教えてくれました」と大きな字でつけくわえられている。このあと、何年もたってからこの文書が届けられたことになります。みなさんは、この文書を見て、なにを感じましたか。

事件はみんなつながっている

この程度の思いこみで、警察に捜査依頼などされたら困るし、実際に警察が動きだしたというのもおかしい。この女性からみればきっと、もっともっと怪しい人をわたしは何人も知っていますからね。時間にしてもあいだがあきすぎているし、「出頭」という言葉も変、その人物についてどうして細かく知っているのかもわからない。そもそも、大学の研究室のドアの下から、「突然で申し訳ないのですがぜひみなさまの御協力を賜りたい」という文書をさしこむという行為自体が謎ですね。

しかし、わたしが興味深く思ったのは、その人物をとおして、この女性がいくつもの事件、しかも、多くは血にまみれたむごたらしい事件をならべたてている点にかかわります。

アメリカのモダン・ホラーの実際上のモデルになったのは、一九五七年にウィスコンシン州で発覚した、いわゆる「エド・ゲイン事件」でした。殺人はもとより、皮剥ぎや死体工作、人肉喰いなどの異様な行為がつぎつぎに明らかにされ、しかもそれをどこにでもいる中肉中背の貧相な中年男(エドワード・ゲイン)が起こしたことで、全米を震撼させるとともに、その後のモダン・ホラー作品のモデルになった。ヒッチコック監督の『サイコ』(一九六〇年)やトビー・フーパー監督の『悪魔のいけにえ』(一九七四年)、トマス・ハリスの『羊たちの沈黙』(一九八八年)などが有名です。つまり、サイコ系とスプラッター系、両方のモデルになった。ハロルド・シェクターの『オリジナル・サイコ』(柳下毅一郎訳、ハヤカワ文庫)にくわしく書かれています。そこにはまた、きれいなまま封印された母親の部屋の写真と、死体工作工房と化したようなキッチンの写真が載っています。まさしく、サイコ系とスプラッター系の「原風景」ですね。

この女性が挙げている血塗れの事件の多くは、前回の話でふれたように、日本におけるホラーのモデルになったものです。いわば日本版「エド・ゲイン事件」群です。

豊田商事事件(一九八五年)
女子高生コンクリート詰め殺人事件(一九八九年)
連続幼女誘拐殺人事件=宮崎勤事件(一九八九年)
オウム宗教関連事件(一九九五年)
神戸児童連続殺傷事件=酒鬼薔薇聖斗事件(一九九七年)
インターネット関連事件=ドクター・キリコ事件など(一九九八年)

伝言ダイヤル殺人事件（一九九九年）

こうして事件をならべてみると、女性の「出頭」のタイミング（一九九七年七月一〇日）は、挙げられている「神戸児童連続殺傷事件」で中学生が逮捕された日（一九九七年六月二八日）から十日と少ししかはなれていない。おそらくは、この事件の衝撃が、長女たちを教えていた人物をことさらクローズアップさせて、女性をいてもたってもいられない気持ちにさせたのかもしれません。あとのふたつは、女性が警察に相談に行ったときは、まだ起きていなかった事件ですね。しかも、この文書を差しこんだのは数年前です。

女性の中では、これらの事件は、一連の事件として、時間がたてばたつほど、連鎖する事件に思えてきたのでしょう。これらの事件は、みんなつながっている、と。

むごたらしい「わからなさ」は、「解決不可能性」の時代を象徴した

みんなつながっている？　そんなことはない。時間もはなれていますし、それぞれの事件自体に共通性はない。むしろまったく無関係と言ったほうがよい。悪徳商法の社長から若いＯＬまでと犠牲者もばらばらなら、自称右翼から無職の青年までの犯人も、み

な異なっている。しかし、この「つながり」は、わたしもなぜか無視できない。とはいえ、なにが具体的に連続しているのか、と問われれば、うーん。おそらく、この困惑が、女性に、さほど怪しくもない人物を「黒幕」のようなものとして想像させてしまったのではないでしょうか。人物をおくと、たしかに、わかりやすくなりますからね。

わたしは一九九〇年代のはじめに、ある雑誌から宮崎勤事件をはじめとする最近の事件について感想を求められた際、従来は犯人逮捕によって事件は解決され、終わりがやってきたにもかかわらず、宮崎勤事件以後の事件は、むしろ犯人逮捕によって事件ははじまり、かえって終わりも解決も見えないように感じられる、と答えました。おそらくそれは、わたしたちの社会から「解決可能性」というものが消滅しつつあるからではないか。この事態がはっきりしているわけではない。だからこそ、顕在化した個々の事件にそくして「解決不可能」という印象をもつのではないか、とも書きました。

なぜわたしが、そんな昔の感想のことを覚えているかといえば、この「解決不可能性」の印象は、今にいたるまでずっとつづいているからです。

それは日増しにつよくなっている。

宮崎勤事件は、その猟奇性において突出していました。今から思えば、酒鬼薔薇事件にくらべても、それははるかに突出していると言わねばなりません。「猟奇性」というのは、従来の見方や考え方ではとどかないほど残酷な性質のことであり、人々に恐るべき「わからなさ」をつれてくる。

「わからなさ」は最初から「解決」を拒んでいます。人は「猟奇」に理由も意味も、そして「解決」も求めていない。宮崎勤事件は、その突出ゆえに、おどろくべき数の言説が、長期間にわたって産出されつづけましたが、ついに「わからなさ」以上にリアルな説明をあたえることはないまま、今にいたります。旧知のノンフィクション作家吉岡忍もまた、『M／世界の、憂鬱な先端』（文藝春秋）の中で、長い取材活動を総括して、「からっぽ」すなわち「不可解な人間の登場」という言葉を記しています。このむごたらしい「わからなさ」ゆえに、宮崎勤事件は、「解決不可能性」の時代を象徴しえたのだと思います。

先の女性が、宮崎勤事件に先立ついくつかの事件と、その後の事件とをひとりの人物でつなげたのには、きっとこの「解決不可能性の時代」がかかわっている。つまり、事件の「つながり」に女性はわかりやすい人物を「黒幕」としておき、わたしは「解決不可能性」の時代をおいていた、ことになります。

ただし、女性の挙げた事件については、「つながり」とともにもうひとつ、見逃せないことがあります。それらの多くが、血塗れのむごたらしい事件であることです。「解決不可能性」はこうした、血塗れの事件としてあらわれていると考えたとき、この時代とホラーの関係がよく見えてくるとわたしは思います。つまり、解決不可能性の時代は、その突端で、あるいは深部で、血塗れとなって壊れはじめている……。わたしが女性の奇妙な文書を興味深く思ったゆえんです。

従来の「解決可能性」の世界史的な退場

一枚の文書の検討のつぎは、世界史的な「解決可能性」の退場、という大きな問題に入ります。みなさんは、よく「現代」という言葉を使いますね。現代思想、現代建築、現代人、……というふうに。まあ、「今」を指し示す言葉としてあまり意識せずに使っていますが、さて、「現代」の前の時代はなんと呼ぶか、と問われるとちょっと困ってしまう。たとえば、日本文学史の区分でいけば、「現代」の前は「近代」その前は「近世」、となります。これは日本史の区分に即している。暗記せねばならぬ強制的知識のかたまりとしての、中学や高校の日本史の教科書を思いだすといいでしょう。

しかし「現代」の前が「近代」だとして、さて、その転換はいつ、と問われると途方にくれる人も多いのでは。知識がない、というのではなく、この決めがたさにはじつは根拠がある。二十年前ぐらいなら、知識があるなしできまったのですが、現在ではこれに答えるのは、むずかしいのです。

かつて「近代」から「現代」への転換の時点は、はっきりしていた。それは、一九一七年。ロシア革命が起きた年です。ここにはじめて、社会主義体制の国が世界史に登場します。実現不可能と思われていた社会主義体制が実際に誕生して、帝国主義段階にある資本主義体制の国々は慌てふためき、最初の社会主義体制の他の地域への波及を阻止し、あわよくば潰してしまおうとして、シベリアに兵をだした。日本では「シベリア出兵」と呼ばれていますが、実際はシベリア侵略戦争です。

この社会主義体制の誕生は、当然、資本主義体制の諸矛盾に苦しむ人々には歓迎されました。一九一七年という年からはじまる新たな世界像、それは、資本主義体制から社会主

1989年11月9日、東西冷戦の象徴だったベルリンの壁が崩壊。ノミとハンマーで壁を打ち砕く市民　写真提供＝共同通信社

義体制への過渡期のはじまり、というものでした。いずれ近い将来において、世界は社会主義体制によって埋めつくされるであろうと。

こうした世界像は、各国、各地域での社会主義革命運動を活気づけるとともに、それを防ごうとする体制側の容赦ない弾圧を引き起こしました。

アジア・太平洋戦争（十五年戦争）後の戦後社会において、社会主義（共産主義）体制のつぎつぎの誕生ともあいまって、この過渡期世界像はいよいよ鮮明になりました。ソ連がもはや社会主義の名には値しない現代の専制国家だとみなされるようになっても、そこにあらたな社会主義運動、あるいは反資本主義運動が生まれました。旧左翼から新左翼への転換です。戦後の冷戦時代をとおしても、過渡期世界像は、ともかく健在だった。

ところが、東欧での民主化運動のたかまりと体制の動揺の中で、一九八九年十一月に冷戦時代の象徴として君臨してきたベルリンの壁が崩壊します。それからほぼ二年後の一九九一年十二月、ソビエト連邦が崩壊。冷戦は、「資本主義の勝利」に終わったのです。「現存した社会主義」(『現存した社会主義・リヴァイアサンの素顔』勁草書房)の大崩壊、です。この言葉を使った政治史の塩川伸明によれば、「現存した社会主義」とは、「資本主義体制を否定し、その対極的な体制を作ろうという試みによって生まれた体制」。

近代がはじまってからずっと、資本主義の生みだす諸問題にたいする「解決可能性」の中心にあった社会主義が、大崩壊したのです。

バブル経済の猛威、その後の廃墟から

資本主義のうみだす諸問題に目をむけていた人々は、「現存する社会主義」への不信、

反発はあったにせよ、その崩壊がかくまでみごとな「資本主義の勝利」によってなされるとは思っていなかった。それは、「現存する社会主義」の大崩壊そのものによる「解決可能性」の消滅という以上に、「資本主義の勝利」によって反資本主義的な解決が不可能になっていくという状況の露呈でした。つまり、二重の意味において、資本主義社会で生起する問題の「解決不可能性」が、たちあがってきたのです。

しかも日本ではこの時期ちょうど、一九八五年の暮れからはじまるバブル経済の狂宴がピークを迎えていました。しばしば、一億総バブル状態といった指摘がなされますが、もちろんそんなことはない。株価や地価の暴騰は、持つ者と持たざる者とのあいだの「格差」をどんどんひろげました。「なんでもカネ」という金至上主義が従来以上に高まり、他の価値をみるみるなぎ倒していきました。

このバブルの狂宴は資本主義なるものの問題性をあからさまに露呈させたのですが、これに「現存した社会主義」の大崩壊がかぶさった。問題がつぎつぎに起きるのに、「解決可能性」のおおもとが壊れた。一九九二年にはバブルの崩壊もはっきりしてきますが、その崩壊はバブルがもたらしたいびつな社会において、持つ者ではなく持たざる者を襲ったのです。やがてくる大不況を先取りするかのように、労働者の切り捨てがはじまります。

だからここで日本社会は、三重の意味での「解決不可能性」に、いや多くの人々にとっては四重の意味での「解決不可能性」に、みまわれていたことになります。時代がうごきだしたという感じはあるにはあったが、それは「解決不可能性」が増していく方向であり、そのむこうにはとてつもない閉塞感が……。

「現存した社会主義」の崩壊によって対立勢力をうしなった（なぎ倒した）資本主義は、「野蛮な資本主義」と称されます。冷戦にむけていた力を経済に転じたアメリカ発のグローバリゼーションこそ、その「野蛮な資本主義」の世界的な展開となりました。

しかも、この「野蛮な資本主義」は尖端で戦争を遂行する。一九九一年の湾岸戦争は、二〇〇一年にはっきりする「新しい戦争」のはじまりでした。

ここで、スロベニアの思想家スラヴォイ・ジジェクの示唆的な見方を引いておきます。「私たちは、『ポストモダニズム』は加速化された近代化に折り合う努力だったことに、いよいよもって気づきはじめている。経済的そして文化的な『グローバリゼーション』からはじまり、もっとも内奥の領域における再帰性にいたるまで、生活のあらゆる領域における騒々しくも厄介な出来事は、私たちが近代化の真のショックに巧く対処することをどのように学ばねばならないのか、そうした問題が依然として解決されないままに残っていることを示していないだろうか?」(『いまだ妖怪は徘徊している!』長原豊訳、情況出版)。

モダン(近代)社会からポストモダン(近代のあと)社会への変化、たとえば「単一なものから多様なものへ」、「大衆から分衆へ」などが一九八〇年代にさかんに語られましたが、それはグローバリゼーション時代の「近代」への移行を示していた。「ポスト」なんてなかった、という見方はじつにおもしろい。

さて、ここで先に問いかけた、「現代」と「近代」の区分です。

「近代」から「現代」への移行が、資本主義体制から社会主義体制への過渡期のはじまり、すなわち一九一七年のロシア革命だとすれば、その七十四年後のソ連邦崩壊は、そして前後に雪崩のように起きた「現存した社会主義」の大崩壊は、「過渡期」自体の消滅とも考えられますね。

すると、どうなるか。「現代」と「近代」の区分の根拠が失われる。従来のような「近代」と「現代」はもう使えない。「近代」の問題はもはや「現代」での解決は望めず、それどころか、問題をばらまくだけの「野蛮な資本主義」によって「近代」が露骨な姿で再帰しているのです。

「近代とは、近代の否定と、近代のあとと……をとおして、ふたたび近代にもどってくる、そうした時代かもしれない」といったジョークが一九九〇年代のはじめにありましたが、その後のありようをみれば、それはもはやジョークではない。

わたしの関係する分野でみれば、日本文学史においても、日本史および世界史においても、近代文学と現代文学、近代史と現代史、この区分に大混乱が起きています。にもかかわらず、このことが問題になったことは、わたしの知る限り、ない。多くの研究者はこの大混乱を見て見ぬふりをしている。いや、もしかすると気づいていないかもしれませんね。

というより、「現存した社会主義」の崩壊から「野蛮な資本主義」の登場と跳梁が、いったいわたしたちになにをもたらし、なにをもたらそうとしているか、よくわからないのでしょう。一九九〇年代のはじめにそれを見すえるのは至難のことだったとしても、それからもう十五年以上たった今でもなお見えないというのは怠慢としか言いようがない。

ホラー小説元年がきた

一九九〇年代のはじめ、誰の目にもいまだはっきりはしなかった「解決不可能性」の時代の、薄暗い奥底にとどく一連の、むごたらしさと恐怖を満載した小説があらわれはじめていました。それが「ホラー」でした。当時の新聞記事(東京新聞、一九九四年八月二六日夕刊)に、それはこんなふうにとらえられています。全文をプリントしておきましたので見てください。ホラー・ブームをまのあたりにしたあとの現在からは、ちょっと考えられないことが書かれていて、それもおもしろい——以下、引用します。

「国産ホラー小説」が盛りあがっている。ホラー小説はこれまでスティーヴン・キングなど翻訳物が多かったが、最近、日本でも注目される書き手が何人か出てきたからだ。出版社側は新ジャンルとしての「ホラー」の売り出しに躍起だが、まだ作家の層は薄く、レッテル先行という感がつきまとう。

「怪奇小説、ホラー小説は、以前なら『低俗小説』の代名詞だった」と評論家の尾之上浩司氏。それが今年になって、芥川賞を取った奥泉光氏『石の来歴』の帯に「新しい恐怖小説の出現」、三島賞を取った笙野頼子氏『二百回忌』の広告に「爆笑の純文学ホラー」とコピーが踊ったのだから、時代は変わった。ホラーは文芸の一角としての市民権を得たと言える。

ホラーの翻訳物は、わが国でも二十万人の読者をもつと言われる『IT』などのキングを筆頭に、『ファントム』などのディーン・R・クーンツ、『スワン・ソング』などのロバート・R・マキャモンの〝御三家〟が有名。しかし、昨年あたりから、国内でも有望な若手作家が次々と出現した。

まず、日本的土俗信仰を題材にしたホラーで昨年から注目されはじめ、『狗神』で山本賞候補に、『蛇鏡』で直木賞候補になった坂東眞砂子氏。ジュニア系ファンタジーなどで活躍していたが、初の一般向け小説『東京異聞《とうけいいぶん》』で本格推理を耽美的ホラーとミックスしてみせた小野不由美氏。そして、地方高校生の日常と非日常の間を活写した『球形の季節』が「キングばり」と賞された恩田陸氏。

「坂東氏はイメージの造形力、小野氏はプロットの巧みさ、恩田氏はキャラクターの魅力が光っている」と評論家の北上次郎氏は評価する。この三人に、『神鳥《いびす》』『聖域』で文芸ホラーとも言うべき境地を開いた篠田節子氏らを加えることもできるだろう。

さらに、昨年四月に創刊され、六十点を超えた角川書店「角川ホラー文庫」の成功も大きい。学研から今月、「学研ホラーノベルズ」も創刊され、かつて「商売にならない」と言われたこの分野にうまみが出てきたことは確かだ。

だが、現在のブームは出版社の思惑が先行気味で、「売れるからとにかくホラーを」という向きも多いようだ。日本で初めての「モダンホラー作家」と呼ばれ引っ張りだこの坂東氏は「ホラーを意識して書いたのは二作目の『狗神』まで。『蛇鏡』はむしろそういう要素をできるだけ削った。ホラーは好きだが、同じタッチを要求されると飽きる」と複雑な表情だ。現在、ホラーというと、かつての「怪奇幻想小説」ではなく「モダンホラー」を指すことが多い。しかし、モダンホラーの定義は本場アメリカでも確立しておらず、実体は意外とあいまいだ。

尾之上氏によると、アメリカで初めてモダンホラーの言葉が登場したのは六〇年代。テレビ番組「ミステリー・ゾーン」などを原体験とする作家らが、映像的感性を大胆に取り入れて書きはじめたという。しかし、この語が一般化するのはやはりキング登場以後で、日本の「ホラー作家」たちもキングらに多大の影響を受けている点で共通する。篠田氏は

「怪異現象そのものを描くのが古典ホラーで、その怪異に立ち向かう人間を描くのがモダンホラーでは」と解釈するが、尾之上氏は「モダンホラーとはジャンルではなく、いわばジャンル融合、ゴッタ煮のエンターテインメントを指す〝運動〟。だから、怖いかどうかはモダンホラーの基準ではなくなっている」とまで言い切る。モダンホラーが新しい小説の扉を開くとしたら歓迎すべきことだが、ブームに乗り遅れまいとする現在の出版界で、スケールの大きな新人がうまく育つかどうかには不安もある。「わが国のホラーは紀元前一年。元年はまだ」と北上氏。〝日本のキング〟は出現するのだろうか。(石田汗太記者)

ホラー小説をめぐるこの時期の話題が、ぎゅっとつまっていますね。

石田記者が十四年前に願望をこめて発した「日本のキングは出現するのだろうか」という問いに答えるのは、そうむずかしくはありません。答えは、ノーです。しかし、ホラー小説全体をながめわたしてみるなら、キングのいるアメリカにまして、多数のすぐれた作家たちの果敢な試みにより、すでに分厚い層を形成しています。ホラー小説活況が、はたして幸か不幸かは別にして……。

「ホラー小説」という言葉はまだ流通していなかった

現在、わたしたちは「ホラー小説」と呼んでいますが、しかし、一九九〇年代はじめにはまだそれはなじみのない言葉でした。

たとえば、石田記者がふれている奥泉光の『石の来歴』（文藝春秋）は、現在の埼玉県秩父と戦中のレイテ島とを合わせ鏡のようにむきあわせ、ふたつの殺戮をかさねて戦争の暴力と戦後の暴力のむすびつきをたしかめる作品。秩父での殺戮の背景には、明らかに宮崎勤事件が見え隠れするのですが、その帯にはたしかに、「新しい恐怖小説の出現！　緑色の小さな石は、男の悲惨な生を救ったか？」とあります。この作品は一九九三年暮れに発表され、一九九三年下半期の芥川賞を受賞しました。一九九三年には、角川ホラー文庫が創刊され、同時に日本ホラー小説大賞が創設されるのですが、まだ「ホラー小説」という言葉は一般的ではなかったのです。それで、「恐怖小説」と記されたのでしょう。

名前が定まらないのは、対象のまとまりがまだ作られていないからです。ホラー小説はこのとき、まだ確固としたまとまりをみせていなかったのでしょう。

しかし、一九九三年こそが「ホラー小説元年」とみる説があります。

二〇〇二年の秋にでた、東雅夫の『ホラー小説時評』（双葉社）です。東雅夫は一九九〇年代のホラー・ブームを「ホラー・ジャパネスク」と名づけるとともに、多くの出版社でホラーの新たな企画をしてブームを引っぱった、ホラー評論家にしてホラー・アンソロジスト、そして独自のホラー特集もくりかえし組んだ雑誌『幻想文学』の編集長。子どもの頃からホラーに惹きつけられてきたこの人のつよみは、「超自然的恐怖」を核とするラブクラフト譲りの「ホラー原理主義」と、古今東西の恐怖物語に精通しているところです。「月刊東」と言われるほど、多くの書物を作っています。ホラーを考える際、この人の仕事には、ほんとうにお世話になりました。その上、わたしがコーディネーターをつとめた「マンガ史」（文学部の講義科目）の授業に引っぱりだし、「ホラーマンガ」を担当してもらった。もちろん大人気の講義を展開してくれました。

東雅夫が雑誌「SFマガジン」に「ホラー時評」をはじめたのは、一九九〇年二月、まだバブルの狂夢がいつ果てるともなくつづいていたころ。ホラー小説だけを対象にする時評をまかされた東は、不安だった。宮崎勤がホラービデオを収集していたことから、ホラー・バッシングがさかんだった頃です。はたして毎月、レビューするに足るだけの新刊がでてくるだろうか。そうした不安が三年つづき、そして、一九九三年、バブル経済の崩壊と崩壊後にむきだしになりつつある生の廃墟を、誰もがさまざまな思いでたしかめたこの年の総括に、東は書いています。「一九九三年は、日本のホラーにとって長らく記憶される年となるに違いない。私は毎年この頁で、国産長篇ホラーの低調を嘆いてきたが、今年は一転、取捨選択に迷うほどの活況を呈するにいたった」。一九九三年、九四年と、「ホラー小説」がその名前とともにたちあがってくるのがわかります。

「解決不可能性」と「解決可能性」とが交叉する一九九三年

この時期、「現存した社会主義」の大崩壊とバブルの崩壊とがかさなり、「解決不可能性」の時代が露出しつつあったことは前に述べましたが、しかし、他方では、「解決可能性」に沸いてもいました。

政治の分野では、それまで社会主義の実現を求めてきたはずの人々から、むしろ積極的に「社会主義」幻想からの脱却が叫ばれ、現体制を認めつつそれを手直ししていくという「現実路線」が選択されたのです。その路線によって成立したのが、総選挙で敗北した自民党政権に代わって登場した細川連立内閣（一九九三〜九四年）であり、自民と社会と新党さきがけの支持によって社会党委員長村山富市が首相となった村山連立内閣（一九九四〜九六年）でした。「現実路線」には、旧左翼はもちろん、新左翼の中にも支持する者が多くいました。「わずかでも変えられるのなら、体制の内部に参加して変えてしまえ。それができるときがきた」という「解決可能性」の追求です。

わたしは当時、この「現実路線」にはまったく期待していませんでした。むしろこれは、「現存した社会主義」に代わる新たな反資本主義の模索を、小さな変更のために放棄する途だと考えていました。つまり、「解決不可能性」のあらわれだと見ていたことになります。「現実路線」のはなやかさは、わたしにむしろよけいに閉塞感を感じさせました。「解決不可能性」の時代にすっぽりつつみこまれてしまっているという閉塞感。

ちょうどこの頃、ホラー小説が、むごたらしさと恐怖をたたえて、登場しはじめていました。残念なことに、わたしはそのときはまだ、ホラー小説の登場に注目していませんでした。しかし、ホラー小説とおなじ問題、すなわち「解決不可能性」の時代におけるさまざまな「壊れ」と「内破」を感じていたことになります。

一九九三年の七月には、鶴見済の『完全自殺マニュアル』（太田出版）が出版されました。そのあとがきには、こんな言葉が記されています。「『強く生きろ』なんてことが平然と言われてる世の中は、閉塞してて息苦しい。息苦しくて生き苦しい。だからこういう本を流通させて、『イザとなったら死んじゃえばいい』っていう選択肢を作って、閉塞してどん詰まりの世の中に風穴を開けて風通しを良くして、ちょっとは生きやすくしよう、ってのが本当の狙いだ」。

このおよそ一か月後に、政治上の「解決可能性」を担った細川連立内閣が成立します。しかし暮れには、『完全自殺マニュアル』はなんと二十二刷を数えるまでになります（わたしの手もとにある版）。この本の読者には、「解決可能性」など、「死」の想像を除いて、どこにもなかったのでした。

第四回講義　閉塞

——「壊れ」はアメリカから日本へ、そして…

ミステリーからホラーへと主役が代わった

前回の話は、以下のようなものでした。一九九〇年代はじめに二重、三重の「解決不可能性」が、わたしたちの社会をつつみこみ、社会はそのもっとも敏感な部分から壊れだした。内破しはじめた。時代も社会もうごきだすように見えて、そのじつ、とてつもない閉塞感が時代と社会をすっぽりおおってしまった。そこに「ホラー小説元年」がおとずれる。

今回の話は、この閉塞感、閉塞状況とホラーとの関係についてです。

「ホラー小説元年」を「ホラー小説」という言葉の流通の面からも作りだしたのは、言うまでもなく、角川書店でした。この時期に、角川ホラー文庫を創刊し日本ホラー小説大賞を創設した角川は、恐ろしいほど鋭敏な嗅覚をもっていたと言わざるをえません。

角川の試みは、一九八〇年代後半にブームとなった「新本格」ミステリーが、はやくもホラーへと転じはじめたことをにらんでのものだったかもしれない。

瑞々しいデビュー作『十角館の殺人』（講談社）からわずか三年後の一九九〇年、綾辻行人がスプラッター・ホラー『殺人鬼』（双葉社）をだし、一九九三年暮れにはさらにスプラッター度をたかめた『殺人鬼Ⅱ』（同）をだす。『殺人鬼』シリーズは、新本格ミステリーとスプラッター・ホラーとが合体したような作品で、どちらのファンからも非難をあびたのもうなづけます。しかし、シリーズは（といっても二作ですが）、確実にホラーの度をましていきました。殺人鬼が山から街なかへと下りてきて、殺戮をはじめるからです。

『殺人鬼』シリーズにみる「解決可能性」と「解決不可能性」

『殺人鬼Ⅱ』から少し引いてみます。延々とつづくスプラッター・シーンの締めくくりの部分です。

《……殺人鬼は深々と腹腔内に差し込んだ手で内臓をまさぐり、やがて大腸の一部分を鷲摑みにした。胃体の下に位置する、横行結腸と呼ばれる部分である。

力任せに、それを引っ張り出した。

上行結腸から盲腸、小腸の回陽部分、さらには空腸部分と、ひとつながりになった腸管が、べりべりと音を立てて腹の裂け目から引きずり出される。腸壁が破れてこぼれ出た消化液や汚物の臭いが、暗い病室いっぱいに立ち込める。

熱く脈打ち、ぬらぬらと光る何メートル分ものはらわた。縄をしごくようにして引き伸ばすと、殺人鬼はそれを、その持ち主の首にぐるりと巻きつけた。

獲物の顔の上にのしかかるような体勢で、腸を握った両手に力を込めた。

傷ついた獲物の喉に、彼自身の腸管が深く食い込む。ひゅ、と呼吸が途切れる。口の中に詰め込まれていた眼球が一個、ぽとりと唇の間から転がり落ちる……。

文字どおりの血の海と化したベッドの上、その海へ沈み込むようにして、まもなく獲物はいっさいの動きを失った。

殺人鬼は悠然と上体を起こす。血と脂でべとべとになった己の指を舐めながら、無惨な獲物の死骸を見下ろす。

底なしの狂気に冒されたその双眸が、枕許にぶら下がったナースコールのスイッチを捉え、ぎらりと光った。》

眼がぎらりと光って、つぎの殺戮がはじまるのですが、もういいでしょう(笑)。

この殺戮シーンの描写そのものに、本格ミステリーとホラーの合体が読みとれます。破壊された身体内部のじつに分析的かつ分類的な描写、たとえば腸ですが、その描写の「知」は物語の安定した秩序を想像させる。謎の提示からその解決に至る物語の秩序を、です。

しかし、その「知」が分析的にとらえようとする対象は、どこまでも破壊され血塗られた世界なのです。本格ミステリーにおける死体もまた多くが血塗られたそれですが、しかし、ここにあるのは、たとえば口の中に眼球を詰め込んだり、血と脂でべとべとになった己の指を舐めたりといった、過剰なまでの破壊行為と、「血」の散布です。

この過剰さは、もはや物語の秩序を壊してしまっている。もはや、シリーズに本格ミステリーのはいりこむ余地はきわめて少ない。そして、殺人鬼の降りてきた街は、全体として、もう殺戮から逃れられないという閉塞感におおわれてしまっている。

一九九〇年代なかごろ、ミステリーからホラーへの主役交替がはっきりしますが、綾辻行人の『殺人鬼』シリーズはその交替を、作品の中で先どり的に表現していたと言ってよいでしょう。

ミステリーが「解決可能性」にもとづく物語だとすれば、ホラーは「解決不可能性」にもとづき、「内破」を露出させた物語と言えます。

かくして、時代の「解決不可能性」は、ホラーの登場によって血塗れの「壊れ」と「内破」のイメージをあたえられ、「ホラー的なもの」と呼ぶことが可能になります。逆に、出現してくるホラーは、時代の「解決不可能性」と関係づけられて、物語以上に大きななにかを指し示すものになったのです。

閉塞感にみちたゾンビの夜と昼

一九九〇年代はじめに二重、三重の「解決不可能性」が、わたしたちの社会をつつみこんだとすれば、それ以前、一九六〇年代末から八〇年代末まで「解決不可能性」が社会をおおっていたのが、アメリカでした。

そんなアメリカにおけるホラー・ブームの中で、きわだつホラー映画として、ニューヨーク近代美術館にフィルムが永久保存されているのが、これまで何度もでてきたジョージ・A・ロメロ監督の『ナイト・オブ・ザ・リビングデッド』(一九六八年)とトビー・フーパー監督の『悪魔のいけにえ』(一九七四年)です。

『ナイト・オブ・ザ・リビングデッド』は、生ける死体の夜。生ける死体は、のちにゾンビとよばれます(『ゾンビ』一九七八年)。ストーリーはこうです。兄と妹が母の墓参りに行き、そこで一体のゾンビの襲撃にあう。兄は倒されたが、妹は森の中の一軒家に逃げこむ。少しして、他のゾンビに追われた男（黒人）も家にかけこんできた。家のまわりには、少しずつゾンビがあつまってきている。すると家の地下室から、隠れていた二組の男女があらわれた。それぞれ事情をかかえた六人の、ゾンビたちとの凄絶なたたかいがはじまる。夜になって、家のまわりはもうゾンビでいっぱいになっている。どうやら、ゾンビたちは、六人の肉をもとめてさまよっているらしい。

長い長い夜。ゾンビの襲来を告げるテレビニュース。脱出を試みて失敗した男女を貪り食うゾンビたち。やがて守る者同士のあらそいがピークを迎えるころ、家にゾンビがなだれこむ。ひとり地下室に逃れた黒人は、ゾンビと化し起きあがろうとする者を撃ち殺した。

『ナイト・オブ・ザ・リビングデッド』
ジョージ・A・ロメロ（1968年）

……朝。犬の吼え声で目が覚めた黒人は、窓の外を見る。保安官たちがやってきた。その中のひとりが黒人に気づきライフルを発射する。一撃で黒人は倒された。ゾンビより残酷、残忍なゾンビ掃討隊は、黒人の死体をフックで引きずり、火をつけた。

ゾンビたちの夜はむごたらしいものですが、人間たちの朝はさらにむごたらしく、暴力的です。しかも、この人間たちの何人かはすでにゾンビ化しているにちがいないのです。

逃げても逃げても、出ても出ても、そこはもとの場所と変わらない。いや、もとの場所よりさらに救いがなく、むごたらしい。

なんとも、重苦しい、閉塞感にみちみちた世界です。

フランスの不条理劇の劇作家フランスのウジェーヌ・イヨネスコに『犀』(一九五八年発表、六〇年初演)という作品があります。反全体主義につらぬかれた作品で、市民がどんどん犀に変わっていく中、たったひとりの男がそれを拒むというものです。そこで犀という悪しきものは外部からきて市民を変えていくのにたいし、ゾンビはアメリカ市民じしんであり、その内部崩壊を意味しています。

あるいはこうも言えますね、「犀」はいかに不条理な存在であるにせよ、対象化が可能。ゾンビは対象化しえない内部の変質である、と。もっとも、『犀』においては、市民が途中から望んで、先を争うように「犀」になっていく、という見方は興味深い。もしも市民がゾンビになりたかったとしたら、どうか。そんな気もしてきますよね。そのほうがいっそう、ホラーの意義をほりさげられる……。

『ナイト・オブ・ザ・リビングデッド』は、まさしく、閉塞状態にある者たちの「解決不可能性による内破」、ホラー的なものの典型とも言ってよい作品になっています。

スプラッター・イマジネーションをかきたてる装置として

『悪魔のいけにえ』、原題はThe Texas Chain Saw Massacre。テキサス電気のこぎり大殺戮。このほうが、「悪魔のいけにえ」などよりはるかに怖い。

ストーリーは、第一作目の冒頭でこんなふうにまとめられています。「一九七三年八月一八日の午後、テキサスでドライブにでた五人の若者のうち四人は死に、唯一の生き残りサリーは翌朝、血塗れの悲惨な姿で発見され、世にも怪奇な話をした。彼女の体験談とは、人肉を食う一家がいて、チェーンソーで彼女の仲間を切り刻み、干し肉にした、というものだった」。この映画については、問題点をプリントにしてあります。

①記録映画風＝「事実」の装い——実際にあったエド・ゲイン事件（七三頁参照。サイコ・

ホラーとスプラッター・ホラー両方のモデルとなる）を想起させる。

②資金不足から一六ミリで撮影・俳優たちも大部屋俳優――ざらざらとしたリアルさ。

③タイトルの変化――ヘッドチーズ、レザーフェイス、人間のくず……。チェーンソーという残酷な凶器に落ちつく。

④童話的世界を踏襲――子どもたちが深い森の中に入り、怪物に襲われる。

⑤迷路・迷宮感覚――冒頭のシーン。

⑥墓場荒らし・死体の加工――やはりエド・ゲイン事件の記憶。

⑦女性の性的なものの氾濫――男性のまなざしによる、快感というより憎悪のまなざし。女性は男性にとって統御不可能なものになった。一九六〇年代末の性解放への反動。

⑧怪しいヒッチハイカーの登場――「ゆがみ」を生じさせる。ノイズ。

⑨テキサスの狂気――アメリカ中西部。「牛殺し」そして、先住民殺しの記憶。

⑩行為にふみだしてしまう人間の孤立感・寂寥感――しかし、それをうわまわる暴力性。

⑪レザーフェイス（人皮の面をかぶった殺人者）とはなにか――誰か、特定の誰でもない、「わたしかもしれない」と観る者を誘いこむ仕掛けとして。

⑫隣の異常空間——昼間の生活に密着した空間のとなりの異常空間

⑬スプラッターとはいえ、実際の殺戮「場面」はすべて隠されている——観る者のスプラッター・イマジネーションをかきたてる。

⑭スプラッター——身体の切断の恐怖、血みどろの恐怖。しかし、若者たちはまるで惹きつけられるかのように、そこに入りこんでしまう。

⑮くりかえされる「クローズアップ」——見えなくなった周囲からの襲撃に怯える。

⑯おぞましいもののモンタージュ——壊れた人間・世界は、壊れた映像から出現する。

⑰トビー・フーパー監督——ベトナム戦争の反戦ドキュメントを描いている。身体の破壊、切断は、映画からベトナムの戦場につながっていた。

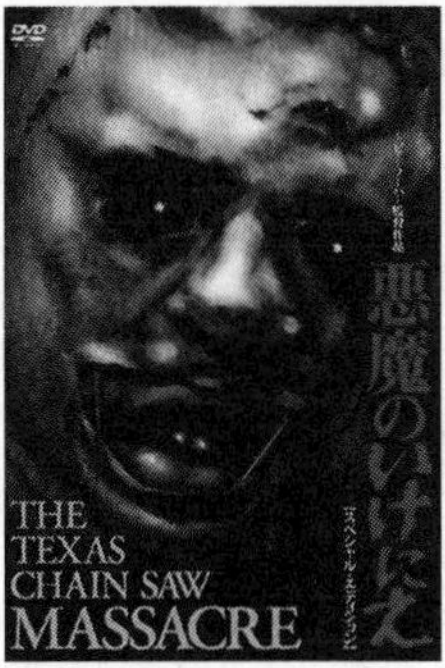

『悪魔のいけにえ』
トビー・フーパー（1974年）

⑱男根的なもの——チェーンソー、むなしく振り回される、対応するものの欠如。

中でとくに注目したいのは、⑬と⑮と⑰です。まず⑬。すぐれたホラー映画、ホラー小説は、スプラッター・シーンをこれでもか、これでもかとおしつけてくるものではない。観る者のスプラッター・イマジネーションをかきたて、活性化し、この作品だけでなく、多くの作品に、そして現実のただなかで、ホラー的なものをみぬくよう鍛えあげる、ということです。⑮は、「壊れた」ものを異化的に描くには、映像や言葉の意表をつく組み合わせが必要である、ということ。「壊れた」ものは、「壊れた」映像と言葉で、よりよくあらわせるにちがいない。

ホラー・ブームは、アメリカから日本へと移ってきた

そして⑰は、一九六〇年代後半から一九七〇年代のなかごろまで、アメリカのホラー映画ブームには、当時アメリカがベトナムで無差別的におこなっていた大量殺戮が見え隠れしている。戦争とホラーとの関係について考えさせられる、ということです。

アメリカのホラー映画とベトナム戦争との関係については、肯定否定ともにあるのですが、わたしはこの関係を、戦後の社会的混乱、疲弊、廃虚化をふくめて、重視する立場をとります。アダム・サイモン監督の『アメリカン・ナイトメア』(二〇〇〇年)は、ホラー

とベトナム戦争および社会的諸事件との深いつながりを、ホラーにかかわった人々へのインタビューでたしかめた注目すべきドキュメンタリー映画です。登場するのは、トビー・フーパー、ジョージ・A・ロメロからはじまり、デヴィッド・クローネンバーグ、ジョン・カーペンターといったホラー映画の監督、それに特殊効果のトム・サヴィーニ他。

①から⑱のポイントをとおしてもっとも重要なことは、この『悪魔のいけにえ』も、日常のすぐ隣に異常空間があり、逃げだしてもまたそれとどこかでかならず出会ってしまう、という閉塞感ですね。五人の若者たちは、むしろ逃げだすことなく、このむごたらしさの中に、引きこまれるように入っていってしまう。ホラー的なものをみずから、たしかめるように、です。

『ナイト・オブ・ザ・リビングデッド』と『悪魔のいけにえ』にあらわれた、閉塞状態における血塗られた出来事は、二十年近くつづく、アメリカのホラー映画ブームに共通するものでした。言うまでもなく、これは、ベトナム戦争から戦後の社会的疲弊と壊れ、その解決不可能性に苦悩したアメリカ社会のあり方を象徴するものと言ってよいでしょう。

そして、この壊れた社会は、一九九〇年以後、すなわちポスト冷戦時代にアメリカが世界の牽引車となるにおよんで、バブル崩壊後の日本に移ってくる。ホラー・ブームがアメリカから日本へと移ってくるように、です。

しかし、現在、アフガニスタン戦争、イラク戦争をはじめ、「新しい戦争」、「テロとの戦い」を継続して、からくも「解決不可能性」の時代を乗り切っているかに見えるアメリカも、じつはそれゆえの「壊れ」が内部に蓄積しつつある。

日本で話題になっている「格差」「ワーキング・プア」の問題はもちろん、アメリカでこそ解決不可能なかたちで明らかになっているのです。

「壊れ」は社会の外部からくるのではなく、内部からくる

二〇〇六年に出版された梁石日《ヤンソギル》の大著『ニューヨーク地下共和国』(講談社)は、二〇〇一年の同時多発テロ、九・一一《ナイン・イレブン》事件を、アメリカ社会「内部」の問題としてとらえようとした作品です。梁石日とは、わたしはもう二十年以上のつきあいになります。身近で作家的大爆発をみることができたのは、とてもうれしいことですが、この作品も期待にはずれることはありませんでした。

アメリカ社会の現在をとらえる小説の構想のため滞在していたニューヨークで事件に遭遇した梁石日にとって、事件はけっして突発的で例外的なものではなかったはずです。

事件は、アメリカ社会の「外」からではなく、「内」からやってきました。「マンハッタンから一歩外へ出るとそこは貧困と差別に蝕まれた世界である」。人種差別、民族差別、宗教差別、性差別をポスト冷戦後の経済至上主義がいっそう過酷にした社会の「内」は、そのままグローバル社会の縮図にほかならない。

事件を解くためにも、この「内」にこそ深く切りこまねばならない、と梁石日は確信したはずです。

だから物語は、白人警官による黒人青年への発砲からはじまり、事件をめぐっては街にふきあれた差別と復讐と暴力に焦点をあわせ、「新しい戦争」に送り込まれる下層の兵士たちを描いたあと、ついに帰還兵やホームレスによって組織された体制破壊組織「ニューヨーク地下共和国」を登場させます。

社会のこうした内部矛盾にくらべれば、他方ではなばなしく活写される政治的思惑や経済界の欲望、警察や軍の行動のなんと表層的なことか。

社会的偏見と差別、生きづらさと貧困、そして争いと戦争とをみすえ、今ある世界秩序に代わる新たな共生的秩序を遠望するのが「世界文学」だとすれば、梁石日のこの作品は世界文学のいただきに迫る傑作と言ってもよいでしょう。

ふたたび、アメリカ社会は「ホラー的なもの」に直面するだろう

アメリカ社会において「壊れ」が外部からではなく、内部からくるという視点は、じつは、先に話したとおり、ジョージ・A・ロメロ監督の『ナイト・オブ・ザ・リビングデッド』やトビー・フーパー監督の『悪魔のいけにえ』をはじめ、ホラー映画と小説が堅持してきた視点です。

いじめられた少女が街を破壊してしまう『キャリー』（新潮文庫）からはじまるスティーヴン・キングの、いわゆる「モダン・ホラーもの」もまた例外ではありません。

アメリカやイギリスが今もっとも警戒しているのは、外部からくるテロではなく、内部からくるテロだとひそかに言われています。計画ありと捕らえてみると、じつは「アルカイーダ」とはなんの関係もない、社会の内部矛盾から、それぞれの「壊れ」をかかえてたち

あがってきた者たちなのです。

しかしそれを言うなら、じつは九・一一を招きよせたのはアメリカ社会自体であり、今もまた招きつつあるということでしょう。グローバリゼーションが世界をむすびつける中、そのセンターとしてのアメリカ社会には、グローバルな矛盾がそのまま内部矛盾として組みこまれてしまっているのです。

九・一一からはじまる「新しい戦争」を、フランスの思想家ポール・ヴィリリオは、「第一次世界内戦」という言葉で表現しました。目に見える「戦場」はたしかに、アフガニスタンでありイラクであり、その他周辺地域なのですが、「内戦」である以上、「戦場」はいたるところにある。もちろん、アメリカ内部にも、日本内部にも。そして、「戦場」を内部にみようとするまなざしは、そのような「戦場」にまして深刻な、社会的、人間的な「壊れ」にとどかないわけにはいかない。「ホラー的なもの」に出会わざるをえないのです。「現存した社会主義」の大崩壊という世界史的な「解決可能性」の退場後、グローバリゼーションの牽引車として「解決可能性」を担ってきたはずのアメリカも、早晩、みずからの社会の「解決不可能性」に直面するはずです。

ベトナム戦争とその後を体験したアメリカ社会にホラーが憑依したように、「新しい戦争」「テロとの戦争」を体験したアメリカに、再び「新しいホラー」が憑依するでしょう。ではそのときに、アメリカから日本に移ってきたホラーが、ふたたび逆流し、日本からアメリカへと移るのでしょうか。しかし、なんらの「解決可能性」を手にしていない日本社会に、それはありえない。

日本社会も、アメリカ社会も、『ザ・ハウス・オブ・ザ・デッド』（セガのゲーム）ならぬハウス・オブ・ホラー、すなわちホラーハウスから逃れられないのだと思います。

第五回講義　魅惑

——人はなぜホラーに魅せられるのか？

時代と社会へひらいていく

今回は、かつての「閉塞した時代」に登場した、大長編ホラー作品『大菩薩峠』(一九一三〜一九四一年)をとりあげながら、人はどうしてホラーに魅せられるのか、ということについて考えてみましょう。その際、「グロテスク」をめぐる理論、ヴォルフガング・カイザーの『グロテスクなもの』(法政大学出版局)および、ミハイル・バフチンの大著『フランソワ・ラブレーの作品と中世・ルネッサンスの民衆文化』(せりか書房)を用います。

前に、わたしには「専門」がないという話をしましたが、ずっと関心をもちつづけているテーマや対象がないのではありません。むしろ、特定の「専門」には限定できないほど多くのテーマや対象があると言ったほうがよいでしょう。

子どものころに観て以来ずっと惹きつけられてきたゴジラについては何冊も本を書きましたし、そこから「怪物」と「怪獣」さらには「グロテスクなもの」に興味をいだきつづけてきました。もっとも愛読した批評家花田清輝の「怪物は未来である」という言葉にみちびかれつつ、「怪物があらわれた、怪物を殺せ」から「怪物があらわれた、人間が変われ」への転換を掲げながら。また、大学生になって読んだ『斬に処す』(結城昌治、角川文庫)以来、従来の見方を転覆してしまう時代小説と歴史小説について考え、そして書いてきました。この分野で読んだ作品の数は、三千冊をかるく超えるでしょう。「権力」や「戦争」、「革命」や「抵抗」といったテーマには、当然文学の領域だけではなく、政治学や経済学、歴史学や社会学、哲学や記号論といった領域を横断しながら考えつづけてきました。「在日文学」や「オキナワ文学」への強い支持もあります。もちろん、ある作家、ある作品も、ずっと読んできました。それらは最近、『この小説の輝き！』（中経文庫）にまとめました。

概して、ばかばかしい主流派礼賛、常識賛美の事大主義からは限りなく遠く、むしろそれを転覆したり爆裂させたりするものが好きなのだと思います。しかも、テーマが個人や家族や小さな集団にまとめあげられてしまうのが大嫌いで、可能な限り時代と社会へとひらいていきたい、だから、ミステリーは本格とか新本格がだめで、とびきりシャープな社会派ミステリーしか受けつけない。ホラーも、いわば社会派ホラーがいいんですよ。わたしは、そうしたものにむきあうと、もう、わくわく、うきうきしてくるのです。ホラー原理主義者の東雅夫に叱られるでしょうが。

うららかな春の日の午後、白昼の惨劇が出来《しゅったい》した

なかでも、小説『大菩薩峠』への関心は、とりわけつよく、そして持続しています。なにせ、文庫本（ちくま文庫）にすれば、五百頁の分厚いものが二十巻もある。今まで九回、通読をかさねてきました。最近また、読み直したくなっています。

この作品の冒頭近くに、こんな場面が、じつに唐突に出現します。一九一三年、都新聞に発表された文章をつぎに引きましょう。

《「老爺《おやじ》」

それは最前の武士でありました、周章《あわただし》く

「はい」

老爺は居ずまいを直して、恭しく挨拶をしようとする時、かの武士は忙わしく前後を見廻して

「ここへ出ろ」

編笠も取らず、何の用事とも言わず、小手招きするので、巡礼の老爺は、怖る怖る、

「はい、何ぞ御用でござりまするか」

小腰をかがめて、進み寄ると
「彼方《あっち》へ向け！」
この声諸共に、パッと血煙が立つ、何という無残な事でしょう、老巡礼は胴から腰車を落とされて、呀《あっ》という間もなく、胴体全く二つになって青草の上に俯伏《のめ》ってしまいました。
二尺三寸余の刀の刃先に染む、老人の生血の滴りを、しばらくは凝《じ》っと見て居たが、つと、彼の巡礼の笈摺の切れ端で刀を拭います。》

山桜が満開の大菩薩峠での、白昼の惨劇の瞬間です。季節と時刻が、血みどろのむごたらしさをいっそう際立たせています。老いた巡礼を真二つに割って、生き血の滴りに見入っている者は、のちに机龍之助と名づけられますが、長い長い物語中、机龍之助が殺戮をする場面では、かならず「机龍之助」という名が消し去られ、得体の知れない「なにか」になってしまうというのも怖い。

『大菩薩峠』全20巻
中里介山（ちくま文庫、1995年）

従来多くの読者が悩まされてきた「理由なき殺人」

のシーンです。

綾辻行人の『殺人鬼』シリーズの殺戮シーンの分析的、分類的描写とくらべてみるとよい。物語を統御しようという「知」がいささかも感じられませんね。それがなんとも不気味です。あるいは、「知」の無力を知りつくし、「知」の終わったところから物語ははじまっているのでしょうか。

この想像は根拠のないものではありません。実際、物語はほとんど無計画的と思えるほど延々とのび——三十年以上書きつづけられたのち、作者中里介山の死によってついに「終わり」までも奪われてしまうからです。

日本の大衆小説のはじまりとみなされ、やがて一般の婦女子から皇族までの読者を獲得したと喧伝され、「国民文学」のひとつと数えあげられる『大菩薩峠』、人々のあいだでもっともよく知られた主人公机龍之助は、しかし、その冒頭で、うららかな春の日の、白昼の惨劇を出来させていたのです。

ホラー小説のはじまりとしての『大菩薩峠』

冒頭だけではありません。物語のほとんどはじまり近くで早くも盲目となった机龍之助は、まるでシリアルキラー（連続殺人者）のように、物語の暗く血なまぐさい領域を歩きつづけます。ときにこんな欲望をあらわにしながら。

「おれは人を斬りたいから斬るのだ、人を斬らねばおれは生きていられないのだ……男も斬ってみたいが、女も斬る、ああ甲府はせまい、江戸へ出たい」「以前は強い奴でなければ斬りたくなかった、手ごたえのある奴でなければ斬ってみようとは思わなかった、このごろになっては、弱い奴を斬ってみたい、助けてくれと泣く奴を斬るのが好きになったわい、ああ、咽喉が乾くように人が斬りたい」（「如法闇夜の巻」）

やがて机龍之助の夢のなかにも、血があふれだします。「暁の咽喉がかわいたから、酔い覚めの水を飲みたいつもりで、山を下りて、この湖水までできたのですが、さて、飲もうとして汀にひざまづいてみると、その湖水の色がみんな血でありました。『あ、これでは飲めない』龍之助は、差し入れようとした掌を控えました。こうして改めて見渡す限りの漫々たる湖が血であることをしかと認めて、そうして、これぞ世にいう血の池なるものだろうと気がつきました。……漫々たる血の池は、静かなものです。小皺ほどの波も立たず、打ち見たところでは真黒ですが、掌を入れてみると血だということがわかる。その血がベトベトして生温かいものであることを感得する。……『でんぶ』『でんぶ』『でんぶ』『でんぶ』」(「弁信の巻」)

わたしは、岩井志麻子の『ぼっけえ、きょうてえ』に出会い、ホラーと「ホラー的なもの」とに注目しはじめていたころ、ちょうど『大菩薩峠』を読み返していました。評論シリーズの一冊として書き下ろしを頼まれていて、テーマと対象をきめるため、いろいろなものを読み返していましたが、しだいにこの『大菩薩峠』が、『大菩薩峠』だけがうかびあがってきたのです。わたしのなかの「ホラー的なもの」が、『ぼっけえ、きょうてえ』と『大菩薩峠』をつないだのかもしれません。

そうしてできあがったのが、この講義の参考図書に指定してある『理由なき殺人の物語――「大菩薩峠」をめぐって』(廣済堂ライブラリー)です。毎回、この教室にもってきていた人も多い。ようやくこの本をひらくことになります、お待たせしました。

帯には、わたしのほうから提案した言葉が記されています、「闇のなかで跳躍する陽気な『怪物』たちへ。『理由なき殺人』からはじまる『大菩薩峠』は、血みどろのホラーを希望の通路に換え、怪物だけが切り拓く未来をはるかにさし示す」。「ホラー論」と「怪物論」をあわせたキャッチコピーのようですが、ほんとうです（笑）。

戦争を拒み、戦争から拒まれた「ホラー小説」

その読み直しのなかで、わたしは『大菩薩峠』が、日本における「ホラー小説」のはじまりであるのを、ひそかに確信しました。もしそうなら、日本の大衆小説のはじまり、あるいは時代小説のはじまり、つまりエンタテインメントのはじまりは「ホラー小説」、そして、近代文学史上、もっとも多くの、しかも社会の底辺から頂点にいたる人々を魅了した物語こそ「ホラー小説」ということになりますね。

事件が起きるたびにホラービデオのせいだ、ホラー小説のせいだと大騒ぎする者たちは、「国民文学」のひとつが「ホラー小説」だったということを知って、どう思うでしょうか。戦争を起こしたのはホラー小説のせいだ、と言うかもしれません。しかし、『大菩薩峠』は「ホラー小説」ではあっても、というよりは、「ホラー小説」だからこそ、戦争を拒み戦争から遠ざかろうとする物語だったのです。ここには非戦と厭戦気分とが充満しています。少なくとも好戦的気分などみじんもない。これには権力側も気づいていて、一九四一年以後に発表がつづけられなくなる理由のひとつは、権力側の干渉にあったと言われています。出征する兵士たちを支えた吉川英治の『宮本武蔵』とは、ちがうのです。

『大菩薩峠』の連載がはじまったのは一九一三年の秋です。「時代閉塞の現状」(石川啄木、一九一〇年に執筆)のまっただなかでの、登場でした。

日本史の年表をひらけば、一九一〇年前後は、国家の支配システムの安定の時代であるとともに、その安定にむけて人々が社会的に組織され、飼い馴らされていく時代でした。

まず、一九一〇年は朝鮮併合の年です。蝦夷地から琉球そして台湾と「国」の確定と拡張をはかってきた「国民国家」がついに大陸へと拡がっていく画期となった年。世界史上稀にみる野蛮で好戦的な大日本帝国が、おそるべき雄飛を試みた年として記憶されねばなりません。

また一九一〇年は、「大逆事件(幸徳事件)」の年でもありました。明治天皇暗殺を企図したとして、幸徳秋水ら全国の社会主義者が検挙され二十四人が死刑となった事件です。

のちに、そのほとんどが権力側のでっちあげ（フレームアップ）だったことが明らかにされます。外への拡張は内への大弾圧と一体化したものでした。

国家の支配システムに飼い馴らされていくことを拒む人々にとって、「時代閉塞の現状」（石川啄木）が、たしかに、おとずれていたのです。

「時代閉塞の現状」をスプラッター・イマジネーションで突き破れ

『大菩薩峠』の作者である中里介山（一八八五〜一九四四年）は、少年時代、一家を襲った離散から貧苦をなめ、早くからキリスト教に興味をもち、また社会主義を信奉、やがて幸徳秋水、山口孤剣、堺利彦らの社会主義者と接触するようになります。反戦詩人としても知られ、社会主義系文芸雑誌の創刊に加わり活動しますが、やがて考えのちがいから離反。都新聞に入社し、はじめての新聞小説「氷の花」を都新聞に連載し、主人公に「秩序は腕の強い者が立てる……その秩序が気にいらぬ、その秩序を破壊してみたい」と言わせます。が、その翌年、かつて同志であった幸徳秋水らの就縛《しゅうばく》を知る。このころ介山の、仏教への関心がつよまっています。

まさしく、「解決不可能性」の時代に、同志とともに死刑になったかもしれない者として、介山は取り残されたのです。仏教への関心は、現実の「解決不可能性」が宗教上の「解決可能性」へと転じられていくことを意味していたはずです。しかし、それだけでは、介山は満足できませんでした。こうして、孤立感を深めていた元社会主義者のこころのなかで、奇怪なる「錯乱」すなわち「壊れ」がそだちはじめるのです。

その炸裂こそが、冒頭における白昼の惨劇でした。「時代閉塞の現状」をスプラッター・イマジネーションが突き破った瞬間と言ってよいでしょう。紙の上の「解決可能性」ではなく、むしろいっそう濃く逃れがたい紙の上の「解決不可能性による内破」として、それはありました。机龍之助が斬ったのが老巡礼であるのは象徴的です。宗教的な「救い」をも断ち切ったところに、この「解決不可能性による内破」はすすみでていたのです。

ここから物語ははじまる——白昼の惨劇からはじまる長い長い物語の彷徨がはじまり、机龍之助というシリアルキラーの長い長い彷徨がはじまる。

一九一三年から一九四一年まで書きつづけられた物語には、ときどき「解決可能性」の光がさしこみます。街で民衆の騒動が起きたり、農民一揆が勃発したり、また、「今とここ」とはちがう理想郷を求め登場人物たちは山へ、海へとおもむくのですが、ことごとく失敗してしまいます。そのような「解決可能性」をあざわらうかのように、机龍之助の殺戮はやむことがありません。

殺戮者に惹きつけられる、ふたりの異形の者

「解決不可能性による内破」をひたすらつづける机龍之助に、登場人物のほとんどは、それぞれの思いから惹きつけられています。なかでもとりわけ、殺戮者としての机龍之助に惹きつけられているのが、お銀様と米友《よねとも》です。顔面の傷痕ゆえにいつも御高祖頭巾《おこそずきん》をかぶるお銀様は、みずからの陰鬱なるむごたらしさから、机龍之助に惹きつけられ、接するたびに心地よい安堵感に浸ります。米友は子どものような身体に隆々たる筋肉の、じつに陽気な流れ者で、その陽気さから机龍之助をこちらに引っぱってこようとさえします。

お銀様は失われたものを回復しようとし、それゆえ現状につなぎとめられています。反対に、米友は差別されてきたこの世界に「失うもの」などなにもないからこそ、現状から未来へといつも飛び跳ねるように歩いていくのです。

『グロテスクなもの』W・カイザー
（法政大学出版局、1968年）

陰鬱なる異形の者・お銀様と、陽気な異形の者・米友は、それ自体が「ホラー的なもの」を体現するとともに、よりいっそうはっきりとした「ホラー的なもの」にたいするふたつの態度を象徴していると言ってよいでしょう。これはまた、ホラー小説の読者のふたつの態度を、物語のなかで顕在化したもの、とも考えられます。

そして、このふたつの態度は、「グロテスクなもの」にたいする、ふたつの見方にかさなる。それが、今回の講義の冒頭に挙げた、カイザーの見方とバフチンの見方との興味深い対立です。

ルネッサンス期から現代にいたる五世紀間の「グロテスクなもの」を考察した『グロテスクなもの－その絵画と文学における表現』（竹内豊治訳、法政大学出版会）で、ドイツの文芸学者ヴォルフガング・カイザー（一九〇六－六〇年）は、「グロテスクなもの」をつぎのように定義します。グロテスクなもの（の表現）は、「先だつ時代の安全な世界像や完全な秩序をもう信じることができなかった時期」にあらわれる、「すべての合理主義、思考のあらゆる体系づけにたいする断固とする歴然たる否定なのである」としつつ、さらにその意義を「魔神的なものを呼び出しつつ追い払う」ことに見いだしています。

グロテスクなものの表現には、たとえば、「いろいろな要素における歪曲、異なる領域の混合、美しいものや奇怪なものや、ぞっとするものや、むかつかせるものなどの共存、各部分の騒々しい全体となる融合、まぼろしや夢のような世界への疎外」、「恐るべき理解しがたいこと、説明しがたい陰暗なこと」などなどが挙げられる、と言います。カイザーのグロテスク論がユニークなのは、グロテスクなものが生の不安や危機をつれだし、人はそれと慣れることで解消しようとする点にあるでしょう。慣れてしまえば、もう怖くはないのです。

この見方は、殺戮者を身近に感じることで陰鬱なる安堵感に浸るといったお銀様のあり方にかさなるはずです。

「グロテスクなもの」をめぐるカイザーとバフチンの見方の対立

「カイザーの著書は、グロテスクの理論についての実質的に第一の、そして今のところ唯一の真摯な研究である。……しかしカイザーの一般的概念に同意することはまったくできない」と、ロシアの思想家ミハイル・バフチン（一八九五―一九七六年）は、その主著『フランソワ・ラブレーの作品と中世・ルネッサンスの民衆文化』（川端香男里訳、せりか書房）で述べます。「カイザーの諸定義の中で何よりも人を驚かすのは、グロテスク世界を広く覆う陰鬱で恐ろしい、人を驚かすトーンであって、著者はこの世界からそのようなトーンしかとらえてきていないのである。……（しかし）カーニバル的世界感覚が浸透している中世・ルネッサンスのグロテスクは、世界を恐ろしい驚かすものから解放し、世界をぎりぎりまで恐ろしくないものとなし、それゆえ世界をぎりぎりのところまで陽気な明るいものとするのである。普通の世界では恐ろしく、人を驚かしていたすべてのものが、カーニバル的世界では楽しい〈おかしな怪物〉に姿を変えてしまう」。

カイザーのグロテスクなものが陰鬱で恐ろしいのにたいし、バフチンのそれは、陽気で明るい「おかしな怪物」です。ゆがみや異変が、バフチンにとらえられていないのではありません。逆に、そのような表象であふれているにもかかわらず、基調が陽気で明るいのは、バフチンがゆがみや異変を肯定的に受けとめているからです。

カイザーの恐怖の表象は現状の変容を否定するのにたいし、バフチンの陽気な表象は現状の変容を肯定する。カイザーが現状肯定的であるのにたいし、バフチンは現状否定的なのです。したがって、「解決」もまたカイザーとバフチンとのあいだではまったく異なるものになる。カイザーの「解決」が現状においてであるのにたいし、バフチンの「解決」は、現状とは別の世界にむかう道筋においてなされるのです。「グロテスクは、まったく別の世界、別の世界秩序、別の生活機構の可能性を開いて見せる。これは現存する世界のみせかけの統一性、議論の余地なき明白性、不動性の境界を越えていく。……現存する世界が突如奇異なものとなる（カイザーの用語を用いるならば）のは、まさに真の親近性ある世界、黄金時代の世界、カーニバル的黄金の可能性が姿をあらわすからなのである。人は自分自身に立ち帰る。現存する世界は再生し、改新されるために破壊される。世界は死につつ生みだす。グロテスクにおける全存在の相対性は常に陽気なものであり、常に変化交替の喜びが浸み透っている。たとえこの陽気さや楽しさがその最低限まで縮小されることはあっても」。

人はなぜホラーに魅せられるのか

「現存する世界」では、差別と嘲笑の他、失うものはなにもない陽気で明るい米友。彼は、机龍之助に象徴される「ホラー的なもの」に、この世の死と再生、つまり「現存する世界」とは「まったく別の世界、別の世界秩序、別の生活機構の可能性」を読みとっていたのです。もちろん、米友だって机龍之助を怖れないわけではありません。「無名のなにか」に脱落した机龍之助によって、いくども危なく怖いめにあいます。それにもかかわらず、というよりはむしろそれゆえに、魅惑されるのです。

「現存する世界」の価値を認め、現状につなぎとめられているお銀様は、「ホラー的なもの」を感じて安堵する。慣れてしまえば、もう怖くはない。そして、「壊れ」ている者の回復を信じています。それにたいして米友は、「壊れ」の回復を信じない。「壊れ」をもたらした「現存する世界」の転覆なしには、「壊れ」をくぐりぬけて別の生へと到達することはない、と感じているのです。

さて、みなさんはどちらに近いでしょうか。なぜ人はホラーに魅せられるのか。どうしてホラーが、ある人々にとっては解放になるのか。バフチンの見方に「解放」があるように、じつはカイザーの見方にもまた「解放」はあるでしょう。しかしその解放は、「壊れ」の連続するこの世界での、慣れによる一時の解放であって、ここにとどまろうと固執する限りふたたび「壊れ」に直面して、ということのくりかえしなのです。

しかしバフチンの、死と再生による「別の世界」の到来は、いまだ予感にとどまっています。ここでもまた解放感は到来にいたるまで何度もたしかめられる必要があるでしょう。米友が一歩一歩すすんでいくように、ホラーに魅せられた者もまた、それぞれの「別の世界」にむかって歩きだす。「解決不可能性」の時代をまるごと受けとめつつ、そこにちいさな亀裂を入れていくのです。言葉で、ふるまいで、仲間との実践で、……ちいさな「解決」をつみかさねていく、しかない。

ホラーは退屈しのぎに観る程度、と言う人もいますね。しかし、退屈しのぎにナンパをしたり経済小説を読んだりせずに、わざわざホラーを観るということには、ここで考えてきたような、ふたつの「解放」への無意識な接近があるはずです。

諸理論を学ぶための重要著作ガイド

カイザーとバフチンの見方は、ずいぶん役に立ちますね。わたしたちが考えをまとめあげ、鍛えあげるには、理論との交叉が不可欠なのです。講義の初回、「異化」についての文献を示しましたが、ここではそれもふくめて、わたしが講義するにあたってふまえているもっとも重要な理論を示します（本書に収めるにあたって、紙幅の制限から、配布プリントから要点のみを抜き出した）。ぜひ実際に手にとって精読してほしい。

①ヴィクトル・シクロフスキー他『ロシア・フォルマリズム論集』（磯谷孝・新谷圭三郎訳、現代思潮社）――シクロフスキー「手法としての芸術」（一九一七年）は「異化」（見慣れたものを見慣れないものにする）の考えを提起した、現代芸術論の最重要論文のひとつ。

②ベルトルト・ブレヒト『今日の世界は演劇によって再現できるか―ブレヒト演劇論集』（千田是也訳、白水社）――ナチスに抵抗して亡命中の劇作家ブレヒトによる、演劇的な「同化と異化」の争いの考察。シクロフスキーの「異化」と比較してみよう。

③ミハイル・バフチン『フランソワ・ラブレーと中世・ルネッサンスの民衆文化』（川端香男里訳、せりか書房）――グロテスク・リアリズムの発見など、文化のダイナミックな「死

と再生」を讃えた、ロシアの思想家バフチンの大著。カルチュラル・スタディーズの理論的主柱のひとつ。

④ルイ・アルチュセール『再生産について・イデオロギーと国家のイデオロギー装置』（西川長夫他訳、平凡社）――フーコーやデリダの「先生」格、フランス最高のマルクス主義者アルチュセールが、文化を支配する「装置」の数々を暴露する。「文学」もまたそうした装置であるがゆえに、内部での転覆抗争が必要になる。

⑤ミシェル・フーコー『監獄の誕生・監視と処罰』（田村俶訳、新潮社）――近代の「自由な主体」は、社会の諸規則に「従属する主体」であることをあばきだし、それとの対抗を示唆した小説よりもおもしろい快作。哲学者フーコー入門としても最適である。

⑥エドワード・サイード『オリエンタリズム』（今沢紀子訳、平凡社）――ヨーロッパがオリエントを支配するために、そしてみずからを確定するために作りだしてきた「オリエント」という表象を記述する、サイードの主著。帝国日本における「亜細亜」表象と比較せよ。ポスト・コロニアリズムの理論的主柱のひとつである。

⑦ベネディクト・アンダーソン『増補・想像の共同体／ナショナリズムの起源と流行』（白

石さや・白井隆訳、NTT出版）——近代人、現代人の思考の前提になっている「国家」「国民」は、実体としてもともとあったものではなく、近代の成立のなかで想像され生みだされたことを説く。国民国家論の理論的主柱のひとつである。

⑧アントニオ・ネグリ、マイケル・ハート『〈帝国〉』（水嶋一憲他訳、以文社）、**『マルチチュード』（幾島幸子訳、NHK出版）**——グローバリゼーション時代の世界的支配システムとして「帝国」を提起し、その内部に生まれシステムを破壊するマルチチュード（抵抗によってみずからを形成する多様な人々）をあざやかに描きだす。現在の「新しい戦争」論としても不可欠である。

第二回講義で示したとおり、サイードは、著書『知識人とは何か』（大橋洋一訳、平凡社）のなかで、世界を相手にする者は「社会のなかで思考するアマチュア」であるべきと説いています。①から⑧までの著作は、ひとつの研究領域（「日本近代文学研究」「現代文学研究」といった狭い専門分野もふくむ）を守るために必要なのではなく、むしろそうした専門の保守性を壊し、さまざまな領域を横断してあらたな見方、考え方、実践を獲得するために必要不可欠の書と言えます。

第六回講義　出現

——社会的惨劇は、果てしなく連鎖する

「現実世界のホラーについてもっと探求する姿勢がほしい」

今回は、いよいよ、ホラー小説の出現について具体的に話します。

ホラー小説が出現しはじめていたころ、しかし、まだ否定的な見方もありました。たとえば——「ホラーは予想通り、日本には存在しなかった」と、荒俣宏は書きだします。第一回日本ホラー小説大賞の「選評」(『野生時代』一九九四年四月)です。「ここ数十年間、日本人は現実の世界からことごとく恐怖の種を消していくことに全力をそそいできた。生活の安定、身の安全、そして健康幻想、ガンの告知回避などがその例だが、結果として、恐怖を文学化する正当な努力までおこたってしまったのだ。そのような現状を、文芸の面から打撃する大イベントとしてこの小説賞は創設されたのだが、候補作五編を読む限り、第一回目の公募では、ついにホラーは文字になりえなかったとの感が深い。(中略)総じて、文学上のホラーを考えるより先に、現実世界のホラーについてもっと探求する姿勢がほしい。自分にとって何がホラーなのか、恐ろしいものは何なのか。それがみつからなければ、ホラーは書けない。ファンタジーは創ることができるが、ホラーは体験したことの再現でなければならない」。

こういう言葉を聞くと、日本ホラー大賞の創設の意義もたいしたことないのかな、と思ってしまう。どうしてこの時期に、という意識がまったくないように見えるからです。ただし、これは選者（遠藤周作、景山民夫、高橋克彦、荒俣宏）のひとりの見方、しかも挑発的な言葉が好きな荒俣宏がちょっとあそんでみただけかもしれない。そして、後半で語られている「現実世界のホラー」なるものの、この時点でのありようについてもっと知りたい気がします。おそらくそこからは、第三回講義で検討した、「解決不可能性」の時代をステージとした「現実世界のホラー」がたちあがってくるにちがいない。

同じ選評で荒俣宏は、落選した坂東眞砂子の作品についてこう書いています。「第三位とした『蟲』も、常世虫をもちだす必然性も、恐怖性も、まったく感じられない。思いつきと感じられてもしかたないだろう」。

しかし、坂東眞砂子は前年、『死国』（マガジンハウス）を発表し、土俗的感性に根ざした独特なホラーの道を歩きだしていました。すでにこの方向で、必然性も恐怖性も獲得していたのです。まずは、坂東眞砂子の作品から入ってみましょう。

一九九三年の『死国』からはじまり『狗神』『蛇鏡』『蟲』とつづく坂東眞砂子の初期ホラー

小説には、「田舎ホラー」という呼称があります。東雅夫あたりの考案でしょうか、「田舎ホラー」とはなかなか巧みな表現ですね。

大都市のみならず周囲をまきこんでバブル経済が猛威をふるった直後の時代に、都市に嫌気をさした主人公たちが、田舎へと還流し、そこに堆積する膨大な記憶と伝承の迷宮にとらわれ、その果てに恐るべき惨劇とであう――こういう物語です。

高度成長期末期の一九七〇年代に横溝正史ブームが起こったのとほぼかさなりますが、横溝正史の「田舎」が中世の記憶どまりなのにたいし、坂東眞砂子の「田舎」は、古代はもとより、大和政権成立以前の時代へ、さらには縄文時代への通路になっている。二十年の間にそれだけ「田舎」の現実感が深まったのでは、おそらくない。むしろ「田舎」ははるかに遠ざかってしまった。「田舎」はわたしたちの中で、かすかにつながっているとはいえ、ほとんど未知の存在と化してしまった。ここに、恐怖の「田舎」がつぎつぎに出現してきたのです。フロイトの言う、「抑圧し、遠ざけられたものの恐怖の回帰」という物語。

しかし、「田舎」はたんに遠ざけられただけではないのです。社会的な惨劇、いわば社会的ホラーの明らかとなる場になっています。二〇〇二年にでた『善魂宿』（新潮社）からそれを読みとってみましょう。

「田舎」を襲う、「近代」による社会的惨劇は今もつづく

ときは、明治三〇年代の前半。かつては蚕を育てて暮らす大家族がいたらしいにもかかわらず、今は母と息子しか住んでいない謎めいた巨大な合掌造りの家の物語。そしてその物語に、山の中を迷い歩く奇怪な人々の数奇な物語が、つぎつぎとかさねられていく——六つの話が収められた『善魂宿』のあらましです。

『善魂宿』もまた、飛騨高山の山間という「田舎」を舞台としている。したがって、「田舎」ホラーの系譜にはいるでしょう。「あとがき」に書かれているように、白川郷特有の大家族制度を「女の家」と述べた民俗学者宮田登の見方に触発され、「大家族制度の起源について探ってみた」成果です。「女の家」の閉鎖的で濃密な世界は、たとえば、永吉と母との近親相姦のなまなましさや、昔も今も変わらぬつややかな肌をもつ母の異様さによって、くりかえし、あらわされています。坂東眞砂子にとって、「女の系統」は初期の頃からの重要なテーマのひとつです。

しかし、それはこの作品の半面でしかありません。そして、『善魂宿』の怖さは、むしろもうひとつの面にこそ怖さが充満しているのです。

それは、母と息子に物語をはこんでくる人々にかかわります。村の下に雲がかかるこの山間に迷いこんできた人々はみな、なんらかの理由によって、街からはみだしてきた人々なのです。人々は、母と息子を前に、ここまで逃げだしてきたそれぞれの理由を語ります、恐怖にひたされた街の物語を、恐ろしさで縁取られた社会的な惨劇の物語を。

土佐藩士が仏蘭西兵士十一名を殺害した泉州堺事件。みつが切腹場で目撃するのは、いつもの朴訥で人のいい恋人ではありませんでした。「みつは一部始終を幕にくるまって見つめていた。若くて、健康な男が我と我が身を切り刻んでいる。……お侍さんじゃ。……そこにいるのは別の男。自らの肉体も他人のように切り刻むことのできる男。女のことなぞ心の中から消し去って、ただ死をめざす男」だったのです。

明治一二年の夏、コレラの恐怖を新潟町で体験した少年信太は、コレラそのものよりもっと恐ろしいものにふれていました。「町が戦場になったかのようだった。ただ、その戦いに相手はいなかった。町民は自分たちの中に巣食うコレラにたいする恐怖と戦っていた。目に見えない相手にだけ、戦えば戦うほど無力感を覚えるだけで、人々は凶暴になっていった」。そして、ある男が鳶口や棒で惨殺される。

ここにあるのは、「田舎」独特な恐怖ではなく、逃げてきた「田舎」という場所ではじめて吐きだされる都市の、社会的な惨劇がもたらす恐怖なのです。

そしてじつは、この家の物語もまた、社会的な大きな出来事と深くかかわっていました。母が語り、息子が知りたいと思う物語こそ、大家族制度の崩壊の物語なのです。「おりが物心ついた時は、小父や小母が、家から櫛の歯が欠けるみたいに逃げだしよる頃じゃった」。ひとり、またひとりと、街にむかって人が消えていき、二度と戻ってこない。人々は街で、都市で、私的所有の魔にとりつかれ、身を滅ぼしていく——このような、緩慢で、しかし、後戻りのきかない人間関係の崩壊こそ、もっとも恐るべき社会的惨劇ではなかったでしょうか。

この家で起きた社会的惨劇と、迷いこんだ人々の語る社会的惨劇とがむすびついているのは言うまでもありません。近代なるものが強いた社会的惨劇の、いくつもの痕跡を物語は丹念にほり起こしています。

そして、坂東眞砂子が『死国』で登場した頃から現在にいたるまでずっと、「現代」にとって代わった「野蛮な近代」が、「田舎」の切り捨てによる社会的惨劇を引き起こしています。「田舎」ホラーは、けっして遠いどこかの恐怖ではなく、わたしたちの時代の、もっともむごたらしい場所を指し示しているのです。日清戦争戦後の「近代」の侵攻がもたらす社会的惨劇を描く『ぼっけえ、きょうてえ』が、現在猛威をふるうグローバリゼーションという名の「野蛮な近代」をわたしたちにつよく意識させるように、です。

未知の「人格」が生まれた、未知の出来事のさなか

わたしたちの身近で起きた社会的惨劇のひとつに、一九九五年の阪神淡路大震災がありました。そのとき生まれたのは、たとえば、つぎのようなものでした。

《⑬磯良：もっとも新しい人格で、阪神大震災の数日後にあらわれる。地震によるショック、頭部への負傷、入院したことに関係か？　この人格についてのみ、なぜか新字源ではなく、雨月物語の『吉備津の釜』が出典らしい。性格に与えられた意味は不明（復讐への

欲求？）。年齢不明。上目遣いの三白眼で、まったく瞬きをしない。きわめて無口であるため、当初は言語能力に乏しいと思われたが、失語症検査日本語版を実施したところ、瞭子をしのぐ語彙を持つという結果がでる。》

第三回日本ホラー小説大賞長編賞佳作を受賞した、貴志祐介『十三番目の人格―ISOLA―』（角川ホラー文庫）の一節です。受賞時のタイトルは『ISOLA』。阪神淡路大震災後の街で、超能力をもつ女性と多重人格の少女とが出会うところからはじまる物語です。

しかし、この作品に先立って生まれでたものがありました。

貴志祐介は被災時の鮮明な記憶をたどりながら、こう述べています。「（三十歳で会社を辞めて）震災までの六年間、ミステリーやホラーなどさまざまな賞に応募しましたが、いずれも予選落ちでした。いまから考えると、賞を取ることだけを目的に、緻密に計算した意表をつくストーリーづくりばかり考えていたんですよ。震災から一か月たち、やっと仕事を再開できると思って、ワープロの電源をいれた瞬間、自分のなかで『書きたい』という気持ちがこれほど強くなっていたのか、と驚きました」（朝日新聞、二〇〇〇年一月一六日朝刊)。

阪神淡路大震災、地下鉄サリン＝オウム真理教事件、米軍兵士少女暴行事件をきっかけとした沖縄の激動など、従来の社会的想像力をまったく無効化してしまうような大きな出来事がつぎつぎに出来した一九九五年――これから先、何十年も新しい文学や物語は生まれないだろうとまで評されたこの年のまだ早い時期に、やがてホラー小説のもっとも注目される書き手のひとりになる男の中の、それまで書きつづけてきた物語から切れた未知の空間において、なにかが生まれでようとしていたのです。

この経緯はまことにスリリングですね。

生まれたもの、それはまず「貴志祐介」でした。そこまでは書いても書いてもまったくダメだった貴志祐介の、「何番目かの人格」が、阪神大震災のあとに出現した「貴志祐介」なのです。かがやかしい出来事からではなく、人々を恐怖と苦しみと悲しみのどん底にたたきこんだ出来事、都市と生活と記憶を一瞬のうちに破壊した出来事の、その「廃墟」から出現した「貴志祐介」は、作品『十三番目の人格―ISOLA―』に登場する「ISOLA」を登場させ、そして統御しました。

この物語では、タイトルどおり悪魔の人格として「ISOLA」が突出していますが、しかし、重要なのはその人格をとらえる由香里の存在です。ボランティアとして活動する由香里はエンパス(共感能力者)。「廃墟」すなわち「壊れ」における人々の「苦しみ、憎悪、怒り、ねたみ……」といった負の感情をききとれるのです。「ISOLA」はそのひとつにすぎない。逆に言えば、阪神大震災は無数の「ISOLA」を生んでいた、と言ってよいかもしれません。「貴志祐介」とは、出来事がもたらした「ホラー的なもの」を、はっきりとききとれる「由香里」だったのではないか。由香里のもつエンパスとは、だから、わたしの言葉ではスプラッター・イマジネーションなのです。

社会がすっぽり「黒い家」の中に入ってしまった

一九九七年、第四回日本ホラー小説大賞を受賞した『黒い家』(角川ホラー文庫)は、貴志祐介が、社会そのものにスプラッター・イマジネーションをさしこんだ作品です。生命保険会社の京都支社で保険金支払いの査定にたずさわる若い社員若槻慎二には、貴志祐介じしんの体験が生かされていると言う。ある自殺に不審をいだき調査をすすめる若槻の前に、保険金のためにつぎつぎと殺人を犯す、おそるべきサイコパス（反社会性人格障害）菰田幸子が黒々とした姿をあらわします。

若槻の恋人黒沢恵は、恐怖の出来事をふりかえってこう言います。

「怖かったし、憎かった。殺してやりたいとも思ったわ。でも、それであの人を怪物扱いするようになったら、わたしの負けだと思うの」。恵は両親についてもこう言う。「まったく普通の人間よ。問題は、あの人たちが共通して持っている病的なペシミズムなの。人生や世界に対して抱いている、底知れぬ絶望よ。彼らは、自分たちの見るすべてに、その暗い絶望を投影するの。人間の善意や向上心が世の中を良くするなんて可能性は、けっして認めようとしないのよ。（中略）だから、世の中のあらゆる存在、あらゆる出来事が、彼らには必要以上に悪意に満ちて感じられるはずだわ。だから、自分たちを守るために、彼らは巧妙なトリックを使うようになるの。裏切られても傷つかなくてすむように、なにに対しても心の絆を結んだり、愛着を持ったりはし

『黒い家』貴志祐介
（角川ホラー文庫、1998年）

ない。そして、自分たちを脅かすものに邪悪のレッテルを貼って、いざとなったら心を痛めることなしに排除できるようにしておくの。社会にほんとうに大きな害毒を流しているのは、わかりやすい人格障害を持った人よりも、むしろ、そうした一見普通の人間だと思うわ」。

そうだとすれば、「黒い家」とは、菰田幸子の家というより、わたしたちの社会そのものだと言えるでしょう。まさしく、ホラーハウスとしての社会ですね。

『黒い家』は、現代社会秩序の破れ目から出現する怪物的なサイコパスを、「社会全体が取り返しのつかない破局に向かって驀進しているしるし」として描いた傑作です。

OUTする女たち

桐野夏生の『OUT』(講談社)の衝撃は、まずなんと言っても、その凄惨な死体解体シーンでしょう。死体をばらばらに解体し、それを何十ものビニール袋につめて、捨てる。解体がごく普通の家庭の風呂場でおこなわれるのも、他の日常的な出来事の関係において、凄惨さを突出させています。「『まず関節ごとに切ってさ、それからなるべく細かくしたほうがいいんじゃない』ヨシエが刺身包丁の研ぎ具合を調べながら答える。その手が細かく震えていた。雅子は健司の喉仏の下の頸椎の間隔を指先で探り、思い切って包丁を入れた。すぐ骨に突き当たるので、どす黒い血がどろっと大量に流れ出てきた。……あっという間にビニールシートが血の海となった。雅子は慌てて洗い場の排水溝の網を外した。粘度の強い血が渦を巻いて流れ込んでいく。何の関係もない前夜の風呂の湯と、健司の血が下水で一緒になっているのかと思うと妙な気分だった。たちまち雅子のはめた手袋の先がべとついて指が動かなくなった。ヨシエがホースを探し当てて、水道の栓に繋ぎ血を洗い流してくれる。だが、狭い風呂場は血の臭いでむせかえるようになった」

『OUT』が一九九八年、直木賞受賞を逸したのは「絶望ばかりで希望がない」からと言われましたが、たしかに、ここには「絶望」どころか、「絶望」をさらに切り刻んでいくような凄惨さが横溢《おういつ》しています。

『OUT』には四人の女が登場します。それぞれ家庭の問題をかかえて、東村山にある弁当工場で夜勤をともにする主婦たち。容貌にコンプレックスを抱く城之内邦子(三十三歳)は、派手好きで街金からかなりの借金があり、仲の悪かった夫の蒸発によって、いよいよ追い詰められています。夫に先立たれた吾妻ヨシエ（五十代半ば）は、寝たきりの姑をかかえ、娘の修学旅行の金もだせないような貧困生活に喘ぐ。子どもがまだ幼い山本弥生（三十四歳）はとびきりの美人だが、夫が新宿の歌舞伎町で賭博と女に狂い貯金のほとんどをつぎ込んでいるのを知ります。物語の主人公、香取雅子（四十三歳）は、長年勤めた信用金庫でリストラにあい、気持ちと身体の離れていく夫と、ほとんど口をひらかぬ息子との生活に慣れないでいます。そして、ある日、弥生が夫の健司を絞め殺したところから、四人の主婦たちの凄惨で壮絶な物語がはじまるのです……。

『OUT』
桐野夏生（講談社、1997年）

『OUT』には、一般のミステリーではおなじみの、事件をめぐる「追う者」と「追われる者」という図は登場しません。バラバラ殺人は四人の主婦によると推理した刑事も物語の本筋にはかかわってこない。物語は「犯人」を特定することよりも、出来事のリアリティを突出させることに熱心なのです。

男たちの「壊れ」も、子どもたちの「壊れ」も、「主婦」からすれば、なんとも身勝手な破裂にすぎない。また、バブルの崩壊期に、雅子が長年勤めていた会社でリストラにあったということは、不況の中でまっ先に切られたのが女性であるのを物語っています。

このような主婦が、破裂を受けとめるだけの存在にとどまらず、みずからを破裂させるとすればどうなるか。そこに、あの凄惨な死体解体という出来事が招きよせられたのです。小さく薄暗い風呂場で、吐きつづけながらも死体を解体していく主婦たちの背には、ようやく「壊れ」に接しえた、「壊れ」にたどりついたという安堵感さえ感じられます。「壊れ」に接した解放感。「ホラー的なもの」に直面した者の解放感です。読者が、『ＯＵＴ』の衝撃的な死体解体シーンを、驚愕しながらも拒まなかったのは、この「壊れ」をけっして他人事として遠ざけることができなかったからにちがいありません。

外からの破裂、内からの破裂

村上龍の『イン　ザ・ミソスープ』（読売新聞社）は、一九九七年一月二七日から同年七月三一日まで読売新聞夕刊に連載されました。

外国人観光客相手にフーゾク案内をしているケンジにとって、フランクは最初に会ったときから異様な人物でした。とても平凡な顔をしているのだが、かえってそれが顔を人工的にみせて、ケンジが会った何百人ものアメリカ人の誰にも似ていない。背は低く、髪が薄く、小太りで、顔もふけている。服装も安っぽい。目立つところはどこにもないが、ケンジはそこに「嘘の気配」のようなものを感じます。

フランクを連れて入ったパブで、ケンジは、おそるべき破裂を目撃することになります。法外な請求をきいたフランクが、店長とホステスと客の八人をつぎつぎに襲うのです。フランクは、ナイフで喉を切り裂き、指で眼球をえぐり、ライターで顔を焼く。

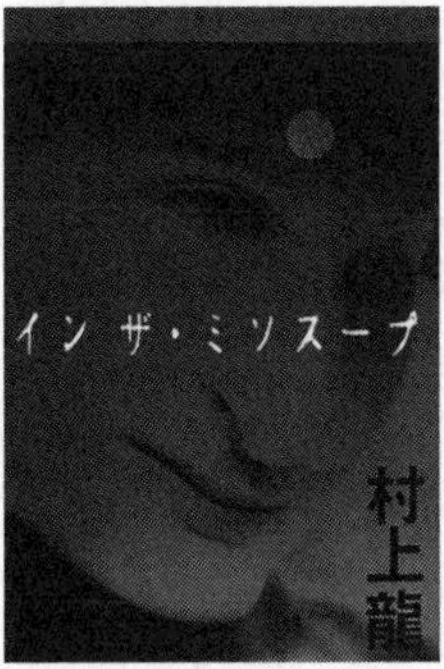

『イン ザ・ミソスープ』
村上龍（読売新聞社、1997年）

《……フランクはこの店にいるみんなのイメージを破壊した。目の前で人間の喉がぱっくりと割れるところを見たことのある人はこの国ではほとんどいない。残酷だとかかわいそうだとか恐いとか痛そうだとか感じる余裕はない。五番目の女の喉が割れたとき、不思議に血はほとんどでなかったが、赤黒いぬるぬるしたものが中に見えた。声帯の筋肉だったのだろうと思う。それは喉を切り裂かなければ見えないもので、普通は皮膚に覆われて隠れている。だがそれは人間の肉体の一部だとおれたちはどこかで知っていて、そういうものを見てしまうと、自分の次の行動をイメージする力が失われる。リアルなものが姿をあらわさない場所でおれたちが生きているからだ。五番目の女の喉にできた裂け目から血がゆっくりと垂れてきた。血は赤ではなく黒色に見えて、おれは刺身用の醤油にそっくりだと思った。おれのからだは硬直して動かない。首と肩と頭の後ろ側がしびれていて、冷たい。フランクから目の前にナイフを突きつけられても、首を横に振ることさえできないだろう。時間が妙な具合に流れていてしかも目に見えるような感じがした。》

単行本でほぼ二十頁にわたって記述されるフランクによる殺害シーンは、アメリカ映画でおなじみのシリアルキラーによる殺戮シーンににていますが、しかし、ホラー映画やホラーマンガなどではおそらく描くことの不可能なリアルさをたたえている、と言ってよいでしょう。リアルさは、このシーンの静けさ、冷たさからやってきます。わたしたちは、語り手のケンジの冷静さすら感じさせる態度に注意しなければなりません。フランクの破裂と、殺される人々の身体と精神の破裂とに、ひとつ、ひとつていねいにむきあい、その破裂をひとつとして見逃すまいとする語り手の姿勢。ひとつひとつの破裂を、こちら側の問題としてとらえ、こちら側の「言葉」に変換していくという語り手の姿勢は、小説ならではの特性を活用しているはずです。

この姿勢には、破裂が異常で、偶発的な事態だからそうするのではなく、すでに、そしてたえず接しながらも、「リアルなものが姿をあらわさない場所」に置かれるがゆえに見ないで済ませている事態を、見つくし、感じつくそうという熱心さがうかがえます。

フランクの破裂は、日本社会の奇妙なシステムと生に外から襲いかかるのですが、ケンジのまなざしはそれを内側からとらえようとしている、と言ってよいでしょう。

「子どもの殺人には原因はないよ」

そしてじつは、このとき、もうひとりの「怪物」が内側で破裂、内破していたのです。「あとがき」で、村上龍は書いています。「この作品の途中、フランクが歌舞伎町のパブで大量殺戮をしているときに、あの神戸・須磨区の事件が起きた。そして、連載の終わり近く、フランクがこれまでの半生を告白しようとするときに、十四歳の少年が容疑者として逮捕された」。つづけて、読売新聞に書いたエッセイを引用しています。「小説のラスト近く、フランクの告白のシーンでは、想像力と現実とがわたしの中で戦った。現実は想像力を浸食しようとしたし、想像力は現実を打ちまかそうとした。そういうようなことは、二十二年間小説を書いてきて初めてだった」。

フランクと、神戸の酒鬼薔薇少年とはもちろん異なります。

しかし、それはおたがいが排除しあうということではなく、それぞれ日本という社会システムにたいしてなされた「外からの破裂」と、「内からの破裂」とのちがいなのです。

「子どもが犯した殺人の原因を見つけて、みんな、安心したいだけなんだ、子どもの殺人に原因はないよ、幼児が迷子になるのに原因がないのとおなじだ」と言うフランクの告白は、フランクと少年との、突発的な破裂という同一性を語っています。

『イン　ザ・ミソスープ』が書かれてから十年がたちますが、あのむごたらしくも鮮烈な破裂は――今、わたしたち社会の内部では、もはや破裂しすぎて、破裂しているようには見えなくなっているのかもしれません。

第七回講義　反動

――悪しき者をたたけば、善き者は救われる

「新しい戦争」を先どりした『模倣犯』

七回目になりました。前回は、ホラー小説の出現について話しました。

あるものの出現には、かならず反動があります。出現が炸裂的であればあるほど、反動はすばやく、あからさまなかたちで出現を襲います。もちろん、出現のがわではそうした反動も予測していて、すぐさま突破の態勢がととのえられる。しかし、ホラー小説の出現に襲いかかったのは、反動とともに、反動をさらにおしすすめる戦争でした。しかも、戦争は戦争でも、「新しい戦争」、「テロとの戦い」とよばれる新しいスタイルでの、史上最悪の戦争の開始でした。今回の話では、反動としてたちあらわれた二人の作家、宮部みゆきと村上春樹の作品を詳しく検討してみましょう。

宮部みゆきの『模倣犯』（小学館）のはじまりは、まことに刺激的です。『模倣犯』が多くの読者を魅了した理由は、まずはそのはじまりにあるはずです。カードローン破産によって棄民化した人々を描いた傑作『火車』（双葉社、一九九二年）、バブル崩壊後の擬似家族をとらえた秀作『理由』（朝日新聞社、一九九七年）を世に問うてきた宮部みゆきが、その力量をいかんなく発揮したみごとなはじまりと言えます。

それは、暗い魅力をたっぷりとたたえています。たとえば、ミステリーを裏切りかねない乱反射する細部の横溢、周到な動機づけ。連続する事件と人々の苦しみ。もはやどのような解決も見いだせず内破にいたるしかないという「ホラー的なもの」の露呈。しかも、テンポのよい文体、はやい場面転換、過去と現在と語り手の「今」との安定した時間処理など、このはじまりには小説ならではのさまざまな手法が駆使されています。

しかし、『模倣犯』は、このすぐれて刺激的なはじまりをもって、多数の読者を、「読むことの戦争」にいざなったのです。

『模倣犯』
宮部みゆき（小学館、2001年）

九・一一を引き金とする一連の出来事に接しながら、わたしは、奇妙な既視感にとらわれていました。そしてわたしはすぐ、その既視感の一部が、二〇〇一年春の刊行以来ずっとベストセラーを維持しつづけていた『模倣犯』に由来することに気づきました。一連の出来事をブッシュにならって「新しい戦争」と呼ぶなら、『模倣犯』は、「新しい戦争」に参戦したニッポンの「新しい戦争文学」

か、と。

あるいは、それは「新しい戦争の時代」における「戦争文学」以上かもしれない。「新しい戦争」に先駆けて、一方で被害の他には無垢そのものの秩序を作りあげ、そして他方で加害にいたるすべての悪をそなえた破壊者をうかびあがらせた上で、破壊者を「人間のクズ」として「善なる人々」から遠く隔離し抹殺していたのだから。多数の読者を、「新しい戦争」にむけて、「新しい戦争」がはじまる以前に、「読むことの戦争」——すなわち、物語を読むことによってのみ遂行される「戦争」へといざなっていたのだから。ずっと宮部みゆきを愛読してきたわたしは、がっかりしてしまいました。

あふれる細部、たちあがる世界

『模倣犯』は、こんなふうにはじまっています。

《一九九六年九月十二日。

あとあとになってからも、塚田真一は、その日の朝の自分の行動を、隅から隅まできちんと思いだすことができた。そのとき何を考えていたか、寝起きの気分がどんなだったか、いつもの散歩道で何を見かけたか、誰とすれ違ったか、公園の花壇にどんな花が咲いていたかという些細なことまでをも。（中略）

だからその朝、彼が二階の自室から階段を降りてゆくと、途中で新聞受けがカタリと鳴ったことを覚えている。いつもよりちょっと遅めだなと思って、階段の曲がり角の壁にある明り取りの窓から外をのぞくと、灰色のTシャツの袖をまくり、スクーターにまたがった小太りの新聞配達員が、ちょうど目の下を通り過ぎてゆくところだった。彼のTシャツの背中には、浦和レッズのチームマークとマスコットがプリントされていた。

玄関のドアチェーンをはずしていると、彼の気配を聞きつけたロッキーが前庭で吠え始めた。鎖をジャラジャラ鳴らして喜んでいる。真一がドアを開けると、鎖の長さの許す範囲で懸命に伸びあがり、喜びを身体いっぱいに表して飛びついてこようとした。そのとき真一は、ロッキーの腹の毛の一部が、妙に薄くなっていて、皮膚が透けて見えていることに気づき、怪我でもしたかなと思った。》

「些細なこと」の記述はこのあとも、延々とつづきます。

異変が起き、それまでぼんやりとしてつかみどころのなかった世界は、隅から隅まで鮮明にたちあらわれてくる。その「些細なこと」（細部）のひとつひとつが、あたかもそれ自体が異変であるかのようなつよい印象をもたらす。『模倣犯』のはじまりは、異変（非日常的な事件）によって世界をてらしだすミステリーというジャンルの特性を活かしつつ、同時にミステリー的な「大きな事件」をゆるがしかねない記述とも言えます。

宮部みゆきだけでなく、乃南アサ、桐野夏生、高村薫など、この十年ばかりのあいだにぞくぞくとあらわれてきた女性ミステリー作家の作品にめだつのが、このような細部――それも事件に直接かかわりのない細部の横溢です。

『模倣犯』のはじまりは、こうした細部の横溢が、もっともはっきりあらわれた例でしょう。しかも『模倣犯』では、たとえば、高村薫が時代を埋めつくす細部へのつよい関心からミステリーと別れを告げた（『晴子情歌』二〇〇二年）のとは反対に、ミステリーであることを改めて確認する方向へと物語はむけられています。まず、あふれる細部は、「ホラー的なもの」を存分に湛えたむごたらしい事件によって、意味あるものにされる。先の引用文の「（中略）」部分には、こう書かれていたのです。「そういう、すべてを事細かに頭に焼き付けておくという習慣を、ここ一年ほどのあいだに、彼は深く身に付けてしまっていた。日々の一瞬一瞬を、写真に取るようにして詳細に記憶しておく。会話の端々までも、風景の一切れさえも逃さず、頭と心のなかに保存しておく。なぜなら、それらはいつ、どこで、誰によって破壊され取りあげられてしまうかわからないほど脆いものだから、しっかりと捕まえておかなければいけないものだ」。

解決不可能性の闇へ

そうした習慣を高校生の塚田真一にしいたのは、一年前、真一の家族を突如襲ったむごたらしい出来事でした。真一の留守中に、父と母と妹が惨殺されたのです。

物語は、いまだその惨劇のただなかにいる真一に、容赦なくもうひとつの惨劇をあびせかけます。ロッキーをつれて散歩に出かけた公園で真一は、顔なじみの少女の犬キングが異臭のする茶色の紙袋をごみ箱から引きだすのを見たのです……。

《人間の手だった。肘から下。指先が真一のほうを向いていた。こちらを指さし、差し招くかのように。訴えかけるかのように。

キングの飼い主が、早朝の空気を切り裂くような鋭い悲鳴をあげ始めた。棒立ちになったまま、真一は反射的に手をあげ、耳を覆った。これと同じような出来事が、ほんの一年前にもあった。同じことがまた繰り返される。悲鳴と、血と、そしてただ呆然と佇むだけの俺と。無意識のうちに、真一はじりじりと後ずさりを始めていた。だが、差し招く手、死んだ腕から視線をはずすことはできなかった。その手の爪は、花壇に咲き乱れるコスモスの花弁に似た、淡い紫色に染められていた。》

「同じことがまた繰り返される。悲鳴と、血と、そしてただ呆然と佇むだけの俺と」——事件は起きつづける、ひとつの事件の終わりは、もうひとつの事件のはじまりでしかないのです。同じことが反復し、その反復は「解決」という言葉を無化してしまいます。物語は、あふれる細部を大きな事件というミステリー的な方向に組織するように見えて、ミステリー的な「解決」の不可能性を告げるのです。

ただし、こうしたミステリー的なものの不可能性は、『火車』『理由』を知る者にとって、けっして唐突なものではありませんでした。『火車』において物語は事件解決の一歩手前で終わり、『理由』では、すでに起きてしまった事件に解決はなく、物語がその理由を語るしかなかったのですから。

『模倣犯』はその意味において『火車』『理由』とかさなりつつ、しかし、それらをさらに出来事の闇へとはこぶものでした。この物語では、ミステリー的なものの不可能性に、悲鳴と血の連鎖が加わっているからです。ここには、一九九〇年代に確実に進行した「ミステリーからホラーへ」というエンタテインメントにおける主役交代が認められます。はたして、宮部みゆきは、『模倣犯』において、ミステリー的な解決の無効を「ホラー的なもの」によって露呈させることを選んだのでしょうか。かくして、『模倣犯』のはじまりは、宮部みゆきのそれまでの意欲的な試みのみならず、ミステリーとホラーの現在をもとりこんだ、きわめて興味深いものになっています。しかし――。

愚劣化をばねにした優越化

しかし、物語はつづいて、娘を誘拐された母親とその父が経験する長い夜をみごとに描いたあと、急に失速し、失調します。

はじまったばかりの物語は、すぐさま、そのはじまりにおいて放棄したはずの終わりにむかって――事件の「解決」にむかって歩きだすのです。そのタイトルどおり、「模倣犯」

という事件の輪郭（解決に直結する）を描きだすことに、物語のほとんどが費やされます。それほど多くの分量が費やされながら、複雑な展開はありません。ただ、「ピース」こと網川浩一と、栗橋浩美が組んで起こした連続女性誘拐殺人事件が説明的に示されるのみなのです。読者の多くが退屈に感じたであろう、冗長で説明的な物語は、やがてその真意を明らかにします。読者が「もうよい、わかった」と物語をはなれる寸前まで、事件の退屈さ、模倣の退屈さ、犯人の退屈さを説きつづける、ということを。犯人を「模倣犯」にするとは、端的に言うなら、犯人の徹底的な「愚劣化」となるのです。

犯人たちを視点に選び、ながながと語らせることで、「愚劣化」は実現していきます。「彼らには、こっちが生身の人間だということを感じさせないほうがいいんだ。正体のわからない怪物だと思わせておいた方が、なにかと都合がいいんだよ」。「本物の、完成された犯罪。真の悪に裏打ちされた、薄っぺらではない犯罪は、ちゃんと教養のある人間の手でないと成し遂げられないものなんだ」。

物語の終わりには、退屈なまでにつみあげられてきた「愚劣さ」にむかって、さまざまな言葉が投じられます。「サル真似ですよ、サル真似。大がかりな模倣犯です。読んでいてわたしのほうが恥ずかしくなるくらいでした」「卑しい奴だ。引き際を知らない奴だ」「あんたは物真似猿だからな」「ケチで、卑怯で、コソコソした嘘つきの人殺し」「あのクソ野郎のような奴」「あんな人間のクズみたいな奴」など。物語は、まるで勝ち誇るように、こうした愚劣化する言葉を、犯人にむけて連射します。

しかも、犯人の愚劣化は、ただ犯人を犯人らしくしたてあげるにとどまりません。事件をはさんで、被害者を、犯人以外のすべての人々を救いあげ、優越化していくひとりひとりはていねいに肉づけされることなく、ただ愚劣な犯人に殺されることをつうじて、ただそれをつうじてのみ、「立派さ」を保証されるのです。ほんとうのところ、ひとりひとりにとって、これほどの愚劣化はないでしょう。

物語のはじまりにおいて、事件の連鎖の前にただ佇むばかりだった塚田真一少年もまた、物語の終わりには、こんな言葉を語る人間へと「成長」します。

「『だけど気をつけろ』と、真一は続けた。『世の中には、悪い人間がいっぱいいる。俺やおまえみたいに、辛いことがあって、一人じゃどうすることもできなくて、迷って苦しんでいるような人からも、何かしぼりとろうとしたり、騙そうとしたり、利用しようとしたりする人間が、いっぱいいる』。雨は降りしきる。銀色に凍って。『だけど、そうじゃない人だって、やっぱりいっぱいいるはずなんだ。だから、おまえはそういう人を探せ。本当におまえを助けてくれる人を。俺に言えることは、それだけだ』」。

『模倣犯』は、塚田真一少年の「成長」の物語としても読めますが、膨大な物語を費やして、かくまでに単純な「悪人と善人」との切り分けを「成長」の証としてあたえる物語とは、いったいなんなのでしょうか。

負の部分は周到に排除された

物語は、そうした疑問をみずからうちけすかのように、最後の最後で、こんな「守る人」を登場させて、切り分けの仕上げをおこないます。物語の主要な登場人物のひとり、孫娘を殺された老人の店の前で——。

《「おじさんのお豆腐、美味しかったよねぇ」

褪せた看板を見あげながら、若い母親は幼い娘に言った。

「パパ、ここのお豆腐が好きだったのにね」

「ね？」と、娘も言った。愛らしいその顔。若い母親は、急に胸が熱くなるのを感じた。この子だけは守りたい。何があっても、どんな不幸からでも、この子だけは守ってみせる。かならず守ってみせるから、神様、その力をあたしにくださいね。「おじさん、きっと元気出してるよね？」母親は娘に笑いかけた。「ね？」と、娘も答えた。「さ、お買い物に行こう」「うん」二人は手をつないで歩み去った。》

切り分けの最終的な仕上げが、切り分けのついに虚構でしかないことを自己暴露しています。若くて、家族愛にみちた母親。母の言葉を反復する、従順で愛らしい娘。唐突にもちだされる「神様」。一度ではたりない「守る」という言葉。

ここでは、子どもを虐待し、子殺しにまでおいつめられていく母親や、家族に心を閉ざす子どもたちといった、現在の親子関係に見え隠れする負の部分は、周到に排除されています。善と悪の切り分けが、「悪」の排除にとどまらず、「善」の中の切実な問題の切り捨てにつながるというおなじみの事態と言えます。

薄気味悪いまでに虚構化された「悪人から遠い善なる人々」が手をつなぐ――それを物語の切なる「希望」だとみることも不可能ではありません。しかし、このような虚構を最後の最後に配さねばならぬ物語は、失敗の物語と言うほかないでしょう。

村上春樹が書いた「二人の女を護らなくてはならない」物語

善と悪とを切り分け、「善を守る人」で終わる、なんとも単純な物語。しかし、この物語は、多くの読者を惹きつけたことからもわかるように、けっして孤立した物語ではなかったのです。一九九五年以来、「同時代」とのかかわりを意識的に深めてきた作家にもまた、同様の物語が認められます。二〇〇〇年の二月にでた村上春樹の『神の子どもたちはみな踊る』（新潮社）です。そこに収められた連作「地震のあとで」（その一～その六）を締めくくる作品「蜂蜜パイ」は、つぎのようなシーンで終わっています。作家である淳平が、大学時代の親友高槻と離婚した小夜子との結婚を決意するシーンです。

《夜が明けて佐代子が目を覚ましたら、すぐに結婚を申し込もう。淳平はそう心を決めた。もう迷いはない。これ以上一刻も無駄にはできない。淳平は音を立てないように寝室のドアを開け、蒲団にくるまって眠っている小夜子と沙羅の姿を眺めた。……彼はベッドの脇のカーペット敷きの床に腰を下ろし、壁にもたれ、不寝《ねず》の番についた。

淳平は壁に掛かった時計の針を眺めながら、沙羅に聞かせるお話の続きを考えた。まさきちととんちきの話だ。まずはこの話に出口をみつけなくてはならない。とんきちは無為に動物園に送られたりすべきではない。そこには救いがなくてはならない。淳平は物語の流れをもう一度最初から辿ってみた。そのうちに漠然としたアイデアが彼の頭の中に芽を出し、少しずつ具体的なかたちをとっていった。（中略）

沙羅はきっとその新しい結末を喜ぶだろう。おそらくは小夜子も。

これまでとは違う小説を書こう、と淳平は思う。夜が明けてあたりが明るくなり、その光の中で愛する人々をしっかり抱きしめることを、誰かが夢見て待ちわびているような、そんな小説を。でもいまはとりあえずここにいて、二人の女を護らなくてはならない。相手が誰であろうと、わけのわからない箱に入れさせたりはしない。たとえ空が落ちてきても、大地が音を立てて裂けても。》

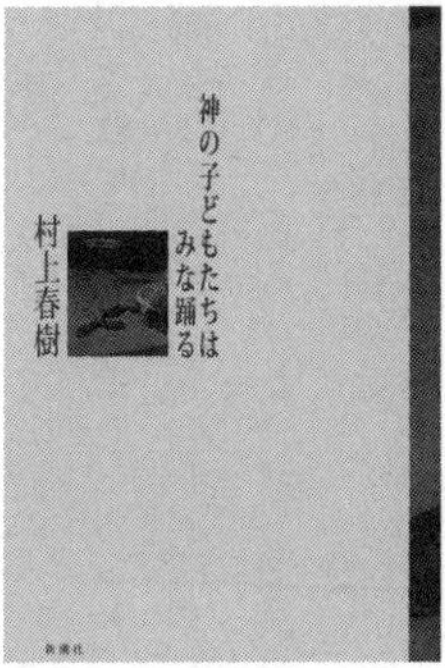

『神の子どもたちはみな踊る』
村上春樹（新潮社、2000年）

淳平の決断は、おそらく、村上春樹の従来の物語にはない決断です。だから、その決断のはじめで、「決めた」ことをあらわす表現がくり返されているのでしょう。だがいったん「決めて」しまえば、そこから、無惨な決断が臆面もなくつぎつぎと示されます。

まず、眠る女と子どもを男が守らなければならないという決断があります。子どもと大人の役割固定と、女と男の性役割固定の組み合わせです。また、物語には「出口」があり「救い」がなければならないという決断が語られます。変わらない事態への対処は、「物語」の書き換えで済むという考えでしょう。引用では省略しましたが、そこには、「市場」で成功する才能を求めるという決断が示されています。「市場」での成功は幸せにつながるという見方です。さらに、光の中で愛する人々をしっかり抱きしめるという決断。これは、光の持続を毀損するあらゆる出来事、そこから出現してくるすべてのものを破壊者として排除することの確認につながっています。そして、このような一連の決断を束ねるのが「小説」であり「小説家」であるという確信が、最後に示されるのです。

淳平の一連の決断には、既存の秩序を更新するのではなく保守しようとする者たち、すなわち「市場」礼賛者から自由主義史観派、男性中心主義や大人中心主義者にいたる人々特有の見方がすけて見えます。

見逃せないのは、こうした既存秩序を保守する諸力が、大地震後の空虚と静寂と死への誘惑をたっぷりとふくんださまざまな物語（その一の「UFOが釧路に降りる」からその五の「かえるくん、東京を救う」まで）を不可欠の背景としてあらわれている点です。ここには、村上春樹の「小説」ならではの巧みな組織化がある。地下鉄サリン事件の被害者をめぐるノンフィクション『アンダーグラウンド』（新潮社）にいたる以前の小説の手法に、以後の「時代への保守的な姿勢」が組み合わされている、と言いかえてもよいでしょう。

とともに、ミステリー的な解決の不可能性とホラー的なものの闇からはじまり、既成の秩序を守る人の登場で終わる『模倣犯』との共通性もうかびあがります。混乱と混沌の絶望的な状況から、「善と悪」との切り分けによる秩序の保守、および希望の仮構へという共通性が。

破壊者が聖域を作り、悪が善を作る戦争

しかし、『神の子どもたちはみな踊る』と『模倣犯』の共通性は、『模倣犯』においていっ

そうはっきりしたものとしてあらわれていました。『神の子どもたちはみな踊る』においてはあいまいなままの破壊者(「かえるくん、東京を救う」の「みみずくん」、「蜂蜜パイの」の「地震男」)が、『模倣犯』では、物語の大部分を費やして狡賢い「人間のクズ」へと鮮明化されているからです。そのことによって、「善と悪の切り分け」「守る者と破壊する者との切り分け」は、さらに明らかなものになっています。

むごたらしい事件が起き、崩壊寸前の秩序は息を吹き返す、「悪と善の切り分け、破壊者と守る者との切り分け」によって——このような事態がいっそうはっきりと、世界大の事態としてあらわれたのが、九・一一にはじまる一連の出来事——「新しい戦争」、「テロとの戦い」であることは、言うまでもありません。

「経済的繁栄の十年」が終わりを告げようとしていたアメリカ社会に、九・一一事件は、新たな結束の意識をもたらしました。米国防総省は、湾岸地域の展開をふくめ今後の軍事報復作戦を「無限の正義」と名づけ(のちに変更)、米本土をテロから防衛する作戦は「高貴なワシ」と名づけました。「テロとの戦い」を「新しい戦争」と呼んだブッシュ大統領は、世界各国にむけて、「テロリストの側につくか、それともわれわれ正義の側につくか」と決断を迫ったのです。マスコミのほとんどがブッシュの言葉をくりかえす中、メールで国際ニュース解説を配信してきたフリージャーナリスト田中宇は、九・一一事件そのものがアメリカの「自作自演」である可能性をくりかえし指摘しつづけました。それらの発言は、『仕組まれた九・一一／アメリカは戦争を欲していた』（ＰＨＰ研究所）にまとめられています。九・一一が自作自演の仕組まれた事件であったか否かは、わかりません。しかし、アメリカ政府がこの事件を「善と悪」に切り分けた上で、「愛国的英雄」を賛美する秩序再建に利用し、先制攻撃論をふりかざして、アフガニスタン戦争から、イラン戦争へとつきすすんでいったことは、明らかです。

危うくなった社会秩序を、「悪」の顕在化あるいはでっちあげによって再建しようとするながれは、「失われた十年」のどん底をはいずりまわっていた日本においても進行していました。なりふりかまわぬ政治的かつ社会的な保守化のうごきです。この保守化ゆえに、九・一一へのすばやい対応が可能になりました。

『神の子どもたちはみな踊る』と『模倣犯』における「悪と善の切り分け」と秩序の保守が、そのような事態の進行を背景としていたことは言うまでもありません。ただし、これらの作品を、現実に進行する事態のたんなる反映と考えてはなりません。個別の事件として出現しはじめて「事態」の存在があらわになるように、作品もまたそれぞれに独特な言葉の組織化をつうじて「事態」を明らかにします。そのような「事態」として事態を定着する、と言いかえてもよいでしょう。よく練られた作品は、よくも悪しくも、受動的な装置であるよりははるかに創出的な装置なのです。

これらの作品をベストセラーにおしあげた読者の多くは、戦争に先立って「読むことの戦争」を、自宅の一室で、電車の中で、学校や職場で、公園のベンチで、ひっそりと遂行していたのです。

「解決不可能性」の時代に、解決不可能性による内破を示し、それへの直面をせまっていたホラー小説は、こうしててごわい反動と、世界全体をまきこむ戦争にむきあわざるをえなくなったのです。

第八回講義　戦争

――なぜ戦争は、はじまるとすぐ見えなくなってしまうのか

現実であるがゆえに見えにくい戦争

今回は、戦争とホラーの関係についてです。前回は九・一一前後とホラーへの反動のうごきをたしかめましたが、今日はイラク戦争との関係でホラーについて考えてみます。イラク戦争開始から一年以上たち、情勢がいよいよ混乱の度合いを強めていた時期に、わたしは、「『隠蔽の総力戦』に抗する『ホラー的なもの』をめぐって」という講演をしました。DVDになっていますので、これを上映します。

今日の講演会（二〇〇四年六月一二日、於・日本女子大学）の大きなテーマは「帝国と戦争――今日的状況に抗して」になっています。新しい歴史学の先頭を走る成田龍一さん、そして、わたしの古くからの知り合いである作家の梁石日さんの話の前に、まずこのテーマの大枠を話せと、先ほどわたしは、この講演を企画した、いつも元気な長谷川啓さんからつよく求められました。

「帝国と戦争」という状況は自明だが、どう「抗して」いくかはけっして自明ではない、それを示してほしい、と。たしかに「抗する」ことは事態の進行とともにますます困難になりつつあります。その困難さからくる、わたしたちのあいだにひろがる無力感にも抗していかねばならない。だとしても、「帝国と戦争」という今日的状況は、はたして自明なのでしょうか。「抗する」ことの困難さは、「帝国と戦争」が圧倒的な現実でありながら、自明ではないことからくるのではないでしょうか。

わたしは、「帝国と戦争」という現実をことさらあいまいにすることによって、わたしたちのかかわりをあいまいにして済まそうというのではありません。まったく逆に、このあいまいさにじつはわたしたちじしんが関与している、その関与の前線をわたしたちじしんが暴き、ひとつひとつ破砕していかねばならないと考えるのです。

今、わたしは「現実でありながら、自明ではない」と言いました。しかし、これは「現実だからこそ、自明ではない」と言いかえられねばなりません。

たとえば、イラク戦争です。これほど世界的な衆人環視の中で、これほどはじまる以前から反対が世界的に示された戦争であるのに、イラク戦争とはなにか、目的に限ってもこの戦争の目的はなんだったのか、という問いをたててみると、にわかにはっきりしなくなる。いまだにわたしは、その目的について確信をもって語る人に会ったことがありません。目的がはっきりしなければ、終わりもはっきりしない。終わりがはっきりしないものに、はじまりもまた見えない。現実に毎日人が殺され、家が焼かれているにもかかわらず──ではなく、このような戦争の現実があるゆえに、戦争が見えにくいのです。

見えにくい戦争──それは、戦争が、それ自体「巨大な隠蔽装置」であることにかかわり、その巨大装置がわたしたちひとりひとりを不可欠の要員にしながらうごきだし、「隠蔽の総力戦」を展開しはじめていることにかかわる、とわたしは考えています。

戦争とは、それ自体、巨大な「隠蔽装置」である

資本主義の勝利の大合唱を背景になされた湾岸戦争前後から、わたしは「戦争」再考をはじめ、そして一九九五年にクロード・ランズマン監督の映画『ショアー』(一九八五年)にであうことで、戦争なるものの姿が、わたしの中で鮮明なものになってきました。

ショアーとは、ヘブライ語で「絶滅」を意味します。ユダヤ人大虐殺の場となった絶滅収容所での体験とその記憶をめぐる九時間にもおよぶ作品。戦争を語る可能性というよりは、語ることの不可能性と不可避性を凝縮したこの驚異の映像もさることながら、わた

しがとくに注目したのは、テキストに付されていたボーヴォワールの「恐怖の記憶」という短文でした。この映像を観て、戦争と絶滅収容所についてなにも知らなかったことに気づく、それらとはじめてであった、とボーヴォワールは書いている。あれほど絶滅収容所や戦争の近くにいた彼女がそう書いているのを読んだとき、わたしが思ったことは、ふたつありました。ひとつは、芸術的作品というものは、あるものをたえず異化的にてらしだす、ということ。もうひとつは、まさしく戦争そのものにかかわること、でした。たんに戦争は風化する、見慣れてしまい見えなくなる、というものではない。戦争こそ、「風化」や「見えなくする」ことを積極的に遂行する装置ではないか、と。

戦争がそうした「見えなくする」装置のうちでもっとも巨大かつ強力な装置であるがゆえに、戦争をめぐって、見慣れたものを見慣れないものにするすぐれた芸術作品は、わたしたちに「はじめて見る」という強烈な印象をもたらすのにちがいない……。

つまりこういうことです。戦争というのは現実的な破壊であり、殺戮であり、略奪であり、虐待であり、レイプであり、さらにさまざまな抑圧と差別と遺棄の複合的、暴力的な実践の総体ですが、そういうむごたらしい現実をもたらすものであるがゆえに、戦争自体がみずからを隠していくような、大きな装置になっている、と。

これはとくに戦争を仕掛ける側、勝利する側に言えますが、仕掛けられた側、敗北する側においても、むしろより残酷なことに、「見たくない」「思い出したくない」ということからもこの装置は働く。『ショアー』という絶滅をめぐる映像はそれを物語っていました。

隠蔽の総力戦、暴露のゲリラ戦

隠蔽の装置としての戦争は、戦争というむごたらしい現実ののちにようやく作動しはじめるのではなく、むしろ戦争という現実に、はるかに先だってうごきはじめる。見やすいところから拾うなら、たとえば、戦争の大義名分づくりや、異なる目的をわざと流したりすることや、報道管制の仕組みなどです。隠蔽は語らないことだけではなく、別のことを語らせることによってなされることもあるわけです。そう考えていくと、戦争という巨大な隠蔽装置は、つぎのようなことからなりたつのではないでしょうか。

①戦略的・戦術的問題にかかわる隠蔽。相手にこちら側の意図や、作戦を隠し、ある場合には偽の情報を流す。隠蔽は相手方だけでなく、内にむけても働く。

②出来事（殺戮、破壊、略奪、レイプなど）にかかわる隠蔽。

③責任問題にかかわる隠蔽。これは責任をあいまいにすることによって、権力の維持をはかる、ということ。

④倫理問題にかかわる隠蔽。「それはあってはならない」、「そんなはずはない」といった見方が隠す。

⑤実存的問題にかかわる隠蔽。通常の意味を剥奪された世界を見つづけられない。

⑥日常の言葉から文化全般にかかわる隠蔽。反復することがらが、切断としての戦争を見えないものにする。

もちろんこれは思いつくことをならべたにすぎません。とはいえ、この巨大隠蔽装置に、戦争にかかわる権力のみならず、戦争に反対し権力に抗おうとする者も、日々加担していることを忘れてはならないと思います。そして、国民国家の戦争が「総力戦」へと展開していくように、この隠蔽装置としての戦争も、いわば「隠蔽の総力戦」になっていく。

わたしたちは、知らず知らずのうちに「隠蔽の総力戦」にかりだされ、それと意識しないで「隠蔽の総力戦」の兵士になっていく、女も、男も、子どもも老人も、それぞれの位置で、それぞれの仕方で――これこそもっとも巧妙に働く「隠蔽」と言えるかもしれません。しかし、わたしは、戦争に反対することや、抗おうとするのがこの「隠蔽の総力戦」において無力だと言いたいのではないのです。

もしも「帝国と戦争」への反対と抗いがありうるとすれば、まずそれは「隠蔽の総力戦」の兵士であることへの反対と抗いを不可避の通路としなければならない。いったんそれを視野にいれるなら、わたしたちは、「隠蔽の総力戦」ゆえに、いたるところで、「暴露のゲリラ戦」を展開しうるという、無力感とは反対のことを指摘したいのです。野放図な楽観とも反対のところで、それを指摘したい。勝利への総力戦は、そのすべての前線で、敗北の総力戦への転落を準備する。「隠蔽の総力戦」においても事態は変わらないでしょう。これをわたしたちが利用し、促してやらない手はありません。

では、現在の「対テロ戦争」において、「隠蔽の総力戦」の最前線はどこにあるか。それはまずイラク他の戦争の現場ですが、同時に国内の、戦争への派兵を拒まない「テロと戦うよき国民」づくりの現場もまた、そうした最前線にほかなりません。

現在の「対テロ戦争」の中で急速に進んでいる隠蔽は、わたしたちの社会の内部が自壊していることにかかわる。内部が壊れてしまっているにもかかわらず、内部は健全で一体感にみちあふれているという見方をひろめ、内部の崩壊を隠蔽しようとしている。誰が、ということをはっきり名指すことのできないひろがりをもつ、まさに「隠蔽の総力戦」の様相を呈しながら、です。

社会内部の自壊を隠蔽した、内部の〝一体感〟の演出

二〇〇一年の夏に、日本で、そしてアメリカで、「対テロ戦争」にむかう「隠蔽の総力戦」がはじまります。この年の六月に、大阪の池田小学校でたいへん不幸な事件が起きました。小学校に侵入した男によって、多数の小学生が殺傷された。しかし、この不幸な事件の結果は、むしろもともとあった不幸をおしすすめる方向に進んでしまいます。学校は突如、「聖域」としてあらたに建て直されてしまったからです。

学校は一九九〇年代をとおして、いじめにあらわれる関係崩壊、ついで学級崩壊、そして学校崩壊へといたる、内部の自壊がもっともすすんだ場所であるかはともかく、内部の自壊がもっともはっきりとあらわれた場所でした。

そのような自壊してしまった場所から、子どもたちが逃げだしはじめ、それを「登校拒否」あるいは「不登校」と大人社会は呼びましたが、どちらもネガティブな言葉です。しかし、当事者である子どもにとっては、ようやく学校から逃げ出してきた、それは緊急避難としてとりあえず必要な行為だったはずです。もちろん、学校から逃げ出しても、落ちつく場所は内部の自壊が学校よりははっきりとあらわれていない場所に過ぎなかった。それでも、子どもたちは学校にいるときよりは、やや明るい表情をとりもどしたわけです。

ところが、二〇〇一年の六月に起きたあの事件から、学校はそれまでとがらっと変わってしまった。悪いのは学校の内部ではない、悪は外からやってくる。内部は防衛すべき聖域である、ということになってしまったのです。

わたしは今でも事件が起きた夜のテレビニュースをよく覚えています。大臣、役人から教員にいたるまで、人々は従来の崩壊非難を一挙に押し戻そうとするように、甲高い声で「こんなことがあっていいのか、学校は聖域なんだ」とくりかえしていた。その人たちが「聖域」と言ったあの瞬間から、内部の崩壊、自壊は消えた。もちろん、実際に消えたわけではありません、崩壊、自壊はまったく変わらないのに、そのような認識が「ないもの」

とされた。子どもたちの苦しみばかりでなく、長い時間をかけて多くの教員、職員たちが内部の崩壊に対してさまざまな試みをしていた、そういう崩壊をめぐるすべてのことがらが、あの瞬間に見えないものとなった。不必要なもの、ないもの、と。

この事件のあと、「外からの侵入を防げ」と、学校は登下校時以外は門を閉め鍵をかけるようになっていく。それまでは、逃げ出してきた子どもたちがいたわけだけれど、塀は高く作り直され、頑丈な門には鍵がかかっていて逃げだすこともできなくなった。

そんな事態を支持し、社会全体へ、いや、世界へとひろげていくきっかけになったのが、事件からわずか三か月後にアメリカで起きた九・一一の出来事と、その後のじつにすばやい「テロとの戦争」への着手でした。アメリカでもまた、外から襲ってくるものに対して、内部の愛国的一体感が強調される。アメリカ版「聖域」づくりです。それをいち早く取りこんできたのが日本であったのは、あらためて指摘するまでもないでしょう。

池田小学校事件にはじまり、九・一一をとおり、ふたたび日本にもどってきて、「外は悪、内は善」という切り分けは、一挙に社会全体に広がってゆきました。学校は聖域で崩壊などなく、繁華街は健全で悪いのは外からきた密入国者、リストラを強引に進める企業

2001年9月11日、アメリカ同時多発テロ発生。この後、米は対テロ戦争としてアフガニスタン戦争とイラク戦争を発動　写真提供＝共同通信社

や役所もテロにくらべれば限りなく善良に近い……ということになっていく。

二〇〇四年六月、長崎で小学生の少女が同級生の少女を殺した、という事件が起きました。インターネットに関係する事件だとか、『バトル・ロワイアル』というホラー小説と映画によって引き起こされた事件だとか、いろいろと言われています。テレビでこの事件に関するニュースを観ていたら、元担任が、「じつはもうダメだったんです、このクラスも学校も、でもそれが言えなかった」といった意味のことを語っていて、わたしはやはりなあと思いました。

内部こそが問題であるのに、それが言え

ない。言っても誰も聞いてくれない。これは、その先生の思いであるだけではなく、いやなによりもまず、学校の中に封印された少女たち、少年たちの思いではなかったか。この少女たちは、あの大阪の事件および「テロとの戦争」によって、ないものとされながら、じつは放置されたままとなり、以前よりやっかいなものになっている内部の崩壊に、それぞれがむきあっていたのではないか。崩壊しつくした学校の内側に、子どもたちが逃げだすこともできず閉じ込められてしまった……そうではなかったか、とわたしは思うのです。

これは、けっしてこの少女たち、子どもたちだけの問題ではなく、自壊しているこの社会を生きるわたしたちすべてにかかわる問題ではないか。

ホラー小説の「豊穣の十年」とはなにか

「隠蔽の総力戦」とは、まさしくこのことなのです。わたしたちが、学校は聖域で、守らなければならぬ場所という見方をごく当然とした瞬間、わたしたちはそれと気づくことなく「隠蔽の総力戦」の兵士になってしまっている。このような「隠蔽の総力戦」に抗うようにして、内部の崩壊、自壊を暴露しつづけているものに、ホラー小説があります。その意味で、ホラー小説は「暴露のゲリラ戦」を戦う民兵のような印象があります。

わたしたちの時代の創作ホラー小説は、バブル崩壊直後の一九九三年に、「ホラー小説」という呼称とともにあらわれます。「角川ホラー文庫」が登場し「日本ホラー小説大賞」が設けられたのがこの年です。坂東眞砂子、篠田節子、恩田陸、小野不由美といった作家たちがつぎつぎにあらわれ、そしてつづいて貴志祐介、岩井志麻子らが書きはじめます。

この十年は「失われた十年」であるとともに、「グローバリゼーションと〈帝国〉の十年」であり、また「戦争の十年」「民族＝国民再興の十年」でもありました。

そして、この十年は、ホラー小説興隆の十年でもあったわけです。

一九九三年に登場して以来、ホラー小説は、社会内部の崩壊を示す出来事を吸いあげ、いわば「社会的むごたらしさ」の稜線をあらわにしてきたと言ってもよいでしょう。

一九九三年前後が、現存した社会主義の大崩壊によって、資本主義の勝利とは言いながら、資本主義内部の崩壊だけがめだちはじめる時期にあたっていたことを忘れてはなりません。解決の方向を見出せないまま、内部の崩壊が露出されはじめた時期、と言いかえてもよいでしょう。わたしは、ホラー小説に共通するのは、「解決不可能性による内破」だとみています。解決可能であることを掲げるミステリーは、この時期からホラーに主役を譲りました。

長崎の事件であらためてクローズアップされた、高見広春が一九九九年にだした『バトル・ロワイアル』(太田出版)もそうしたホラー小説のひとつ。中学生たちが閉じ込められた小さな空間で殺し合いを強いられる物語は、子どもたちにとって学校内部の崩壊、そして社会内部の崩壊を感じとるかっこうのツールとして、大ベストセラーになりました。

この本と映画は(映画は愚作だったにもかかわらず)、すぐさま「テロとの戦争」の時代の、健全な内部、一体感にみちた内部という「隠蔽の総力戦」と衝突し、自民党議員を中心とした公開阻止行動などを引き起こしました。しかし、『バトル・ロワイアル』によって内部の崩壊がもちこまれたのではなく、内部の崩壊が『バトル・ロワイアル』を呼びこんだのです。にもかかわらず、悪いのは『バトル・ロワイアル』だというのは本末転倒でしょう。

同級生を殺してしまった少女にとって、『バトル・ロワイアル』は、「隠蔽の総力戦」によって放置されるままになっている内部の崩壊を照らしだす鈍い光ではあっても、殺しのテキストではなかったはずです。もしこの物語がなかったら、日本中の学校で、内部の崩壊というリアルに到達するための多くのむごたらしい事件が引き起こされたにちがいありません。これは『バトル・ロワイアル』だけの問題ではなく、この十年隆盛を誇ってきたホラー小説すべてに言いうることだと思います。

「エロ・グロ・ナンセンス」とホラー的なもの

ホラー的なものと戦争のかかわりを考えようとすると、一九三〇年前後のいわゆる「エロ・グロ・ナンセンス」の流行が参考になるでしょう。

けっして特定の作家や思想家や表現者、または特定のメディアに帰することのできない、この時期に人々のあいだに疫病のようにひろがった「エロ・グロ・ナンセンス」にたいする従来の評価は、ファシズムと戦争の露払いをしたというたいへんネガティブなものでした。たしかにこの言葉が流行した翌年の一九三一年には、満州事変が起こり十五年戦争の幕が切って落とされます。

しかしそのように考えない方向はないものだろうか。言いかえれば、「エロ・グロ・ナンセンス」をファシズムの温床とは考えない方向があるのではないか。

内部の秩序が壊れている社会というのは、たしかに戦争に限りなく接近した社会だと思います。内部の価値および人間というものが崩壊し、見えなくなってしまうような社会においては、殺すということ、さらには殺しの組織的展開である戦争への想像力がきわめて弱いものになるからです。

こういうことと「エロ・グロ・ナンセンス」が関連づけられるけれどもそれは、ちがう。内部の崩壊とは社会の問題なのであって、その社会は「内部が壊れる」とともにそれをなんでもないようにみせかけます。「エロ・グロ・ナンセンス」はそのなんでもないようにみせかける「隠蔽の総力戦」に冷笑を浴びせ、つきくずそうとする試みと考えてよい。言いかえればそれは、壊れてしまっている社会秩序を、いっそうの強度で見せることによって、人々に秩序自体の変更をうながす運動だったのではないか。

秩序を維持するためではなく、壊れている場面場面を露出させることで、内部の維持がもはや不可能であることをつきつけたとわたしは考えています。

だから、「エロ・グロ・ナンセンス」をファシズムの露払いと考えるのは誤りでしょう。

これは抗争しているものを、その近接ゆえに同じものとみてしまう誤りであって、「エロ・グロ・ナンセンス」自体がだめなのではなく、戦争および「隠蔽の総力戦」と戦いつづけないからだめなのです。徹底しないこと、できないことで非難されても、それ自体が非難されることはない。戦争は「エロ・グロ・ナンセンス」をひどく嫌うのです。

一九九三年以後の、そして二〇〇一年以後のホラー小説も、「エロ・グロ・ナンセンス」と変わらない。いや、じつはそうではないのです。かつて「エロ・グロ・ナンセンス」は、同時代のプロレタリア文学や社会変革の思想と並行し、反発したり、あるいは、社会の墓堀人としての力を交換しあったりしていた。

しかし、一九九三年以後のホラー的なものには、もはや並行するものがない。二〇〇一年以後の「テロとの戦争」時代にいたってはさらに。まさしく孤立無援のかっこうで「隠蔽の総力戦」に抗いながら、自壊した内部を露出させつづけているホラー的なものに、わたしたちが、それぞれの場所で「隠蔽の総力戦」と抗うことで連帯するのは可能です。

帝国はその内部から崩れ落ちよ！

これまでの話をまとめてみます。最初の講義の冒頭でふれた『〈帝国〉』の序で、ネグリとハートは、この本の内容が「ペルシャ湾岸での戦いが終わったときに構想され、……」と書いています。世界のすべては「帝国」の内部になる、そのような世界システムを二人が構想していた、ちょうどそのころ――。

日本で、ある特異な小説的想像力の登場が決定的になっていました。この特異な小説的想像力は、社会内部の血塗れの世界に届いていました。「帝国」化していく社会の自壊を、やがて「戦争」へとむかう社会の自壊を、それは、はっきりと見いだしていました。帝国はその内部から崩れ落ちよ！――という帝国への呪詛とともに。

その特異な小説的想像力を、わたしは、「スプラッター・イマジネーション」すなわち「血まみれの想像力」と呼びたい。ホラー的なものにふれる想像力であり、またホラー的なものを生みだす想像力です。もちろん、これはわたしの勝手な造語です。それにしても、スプラッター・イマジネーションというのは、なにかいいでしょう、もう絶対的に拒みようがない感じで（笑）。

どうやら、「血まみれの想像力」は、資本主義の弱い部分を狙い撃ちするのです。一九七〇年代および八〇年代のアメリカ、そして、アメリカと日本との経済関係が逆転した九〇年代の日本をみれば、それがわかります。

弱い日本で、むしろその弱さゆえにアメリカを中核とする「帝国」をささえ、「帝国」の有力なメンバーになりあがろうとする試みがさかんになってきました。「隠蔽の総力戦」のもとで、内部の自壊――自分たちの「壊れ」に目をふさぎながら、です。

しかし、スプラッター・イマジネーションは隠蔽のあるところを好む。隠蔽を無に帰することに執着する。

この社会を維持する限り、この社会を「帝国」のほうへ引っぱりあげようとする限り、内部を生きる者にはついに「壊れ」しかありえないことをつきつけようとする。

そして、「壊れ」のむこうに、「壊れ」のむこうにだけ、あたらしい別の生があらわれることを示そうとする。いきどまりとしての「壊れ」ではなく、はじまりとしての「壊れ」。

そうした「壊れ」にとどくものこそ、スプラッター・イマジネーションです。

ふたたびくりかえします、帝国はその内部から崩れ落ちよ！

第九回講義　突破

――さらに下方へ、奥底へ、壊れの暗闇へ、別な世界への通路として

「いつか、俺はこの国をぶっ壊したい」というバトルの行方

第九回目の講義になりました。

ホラー小説の「出現」、たちまちの「反動」、そして「戦争」と、みてきました。ホラー小説論の締めくくりの今日のテーマは「突破」です。もちろん、いさましい「突破」ではありません。ホラー小説はむしろ、あらゆるいさましさが頓挫した廃墟にしかあらわれないからです。しかし、廃墟をもないものとみなし、消しにかかる力にたいしては、さらなる廃墟をつきつけ、下方へ下方へと突破をくわだてる陰鬱ないとなみは、ホラー小説のものです。

「解決不可能性による内破」を否定したり、外への攻撃に転じる力は、けっして「反動」と「戦争」のあからさまなあらわれだけではなく、「出現」の前からホラー小説を縛りつけていた。それをつきやぶってこその、「出現」でした。いくつもの「突破」をホラー小説の中に読みとってみましょう。まずは、毀誉褒貶相半ばしたこの作品から。

「いまは、逃げる。けど、いつか、俺はこの国をぶっ壊したい。川田との約束をやぶるわけじゃない。ぶっ壊したい、川田のために、君のために、俺のために、みんなのために。

そのときは、手を貸してくれるかい？」という問いかけと、「こっちが勝つまで、続けてやる」という決意とで終わる中学三年生たちの物語『バトル・ロワイアル』（太田出版）。

これは、それなりに話題となった映画を観るだけで済ませてはいけません。世代間の、しかもそのもっとも単純な「大人と子ども」の争いに問題を還元する安易きわまりない発想の映画ですからね。また、九・一一のあとで作られ、「戦争」をとってつけたような映画『バトル・ロワイアルⅡ』も、捨て去りましょう。

高見広春の描く『バトル・ロワイアル』の世界は、強大な国家の描写からはじまって、強大な国家の小さな毀損の描写に終わる物語なのです。

『バトル・ロワイアル』
高見広春（太田出版、1999年）

国家すなわち「大東亜共和国」。実際の歴史から見れば、戦前と戦後がかさねられたような国家ですが、さらに巧妙化された権力体。頂点には「総統」（現在は三一七代総統）をいただく国家で、専守防衛陸海空軍を有しつつ、教育から文化、政治にいたるさまざまな領域で人々を飼い慣らすプログラムが作動しつづけています。そして、アメリカ帝国主義を嫌い憂国の士をきどる人々も多い――となれば、この国家は日本の現在とほぼかさなる。映画からはすっぽりと抜け落ちている視点が、ここにはあります。

だが、さらに重要なのは、この国家の現在を生きる人々を待ち受けているのが、飼い慣らされたそれなりの安定ではなく、内なる破裂(内破)でしかないということです。

生き方に疑問をいだけば内破はいっそう、はなはだしいものとなる。なぜなら、疑問に対応する答えはもとより、解決幻想すら許されていないからであり、疑問の果てしない反復に耐えられない人は内破するほかないのです。

『バトル・ロワイアル』でくりひろげられる中学生たちの血みどろの殺し合いは、仕組まれたゲームという設定をかりた集団的内破劇と言ってよいでしょう。

この作品は日本ホラー小説大賞に応募されましたが、選考委員全員から「非常に不愉快」「いやな感じ」といった非難を浴びて落選しました。しかし、作者の狙いはけっしてまちがってはいなかったのです。

高見広春は、『バトル・ロワイアル』で、わたしたちがあまりにも見慣れてしまい、もはや見えなくなってしまっている「国家の現在」をあざやかにうかびあがらせるとともに、世界史的な「解決可能性」の退場以後、果てしない疑問が内破にしか行きつかないわたしたちの生の尖端を描いてみせたのです。

この内破に出口はない。生のすべてが入口であるが、出口はない内破――そのような血みどろのイメージがなによりも現実的な印象をもたらします。

「こっちが勝つまで、続けてやる」という中学生の言葉は、無邪気な闘争の宣言ではもちろんない。それは、出口のない内破の連続に直面する他、どのような出口もありえないことの確認であり、その絶望的なまでに苛酷な道をなお歩きつづけることの決意なのです。

高見広春は、長く沈黙しているように見えます。二本の映画によって脱色され、無思想化されてしまったという傷から癒えて、ふたたび「ホラー的なもの」の根底であり、尖端でもある血みどろの内破劇に、スプラッター・イマジネーションをとどろかせてほしい。ホラー小説の「突破」をもっともよく担いうる作家のひとりだからです。

いま世界の「リアル」は、「血」と「欠損」を不可避の通路とする

岩井志麻子は、一九九五年の阪神大震災体験から出発した貴志祐介の傑作ホラー小説『黒い家』（一九九七年）を読んで、ホラー作家になることを決意、九九年に『ぼっけえ、きょうてえ』で登場しました。ホラー小説は書くもののうちのひとつ、などと公言するホラー作家が多い中、たまたまホラーからはじまったのではない、絶対にホラーはやめないと断言する、まことにたのもしい作家です。

『ぼっけえ、きょうてえ』は、ホラー的な仕掛けの発見に到ってようやく怖さからわずかに放たれるといった、従来のホラー小説を逆転することで怖さの核心をあらいだすみごとなホラー小説でした。

その暗さ、その深さ、その企て、そしてその怖さによって、作者岩井志麻子は、たちまち、ホラー小説のもっとも先鋭な書き手であるとともに、ホラー小説のはなやかなイデオローグとなりました。その後、つぎつぎと野心的な作品を発表し、明るく破滅的な発言をくりかえしているのは、周知のとおりです。

岩井志麻子みずからも語るように、そのホラーでは「明治・岡山・貧困」が作品の特色

になっていますが、もうひとつ忘れてはならないのは「戦争」です。『ぼっけえ、きょうてえ』に収められている短篇はいずれも日清戦争およびその戦後を不可欠な背景とした作品であり、『岡山女』(角川ホラー文庫)は日露戦後を物語のステージにしています。

もちろん、『岡山女』もまた、血塗れ(スプラッター)からはじまる物語です。

物語は、妾のタミエが、商売に失敗した旦那の宮一に無理心中をしかけられるところから幕をあげます。

「ある秋雨の宵、泥酔した宮一は日本刀を振りかざしてタミエの寝ている部屋の襖を蹴破った。階下に寝ていたタミエの両親が駆け上がってきた時にはもう、タミエは顔面を切り付けられて失神していた。/血をたっぷりと吸った蒲団に横倒しになり、父親が呼んできた巡査たちが到着した時、すでに宮一は刃先を喉に突き立てていた。その血潮は畳がふやけるほどだったという。タミエの顔の左側から流れる血は固まり、破裂した眼球を布団に貼りつけていた。」

失った左目で、タミエは、さまざまな幻を見るようになります。明日起こる出来事がかすかに見え、また、とうに死んだ者たちの、部屋の片隅に静かに坐っているのが見える。

もちろん、血塗れの宮一も例外ではない。宮一とタミエの「血」と「欠損」というむごたらしさを通路として、ただひとつの、そして不可避の通路として、物語は、明治末の岡山の人々が作りだす暗闇に、深々と入りこんでいくのです。

血塗れのホラーをとおしてしか、世界の「リアル」にはとどかないという岩井志麻子の確信が、『岡山女』でも明らかです。そして、この血塗れの光景の背後には、血塗れの殺戮機械である戦争が見え隠れしています。

『夜啼きの森』は戦争の時代の「壊れ」をうかびあがらせる

二〇〇一年にでた長篇『夜啼きの森』(角川ホラー文庫)は、十五年戦争のただなかで破裂する物語です。

物語に登場する女はこんな思いにとらわれています。「……眠り病の蔓延と、戦争の激化と。悪いものは勇敢な兵士のように突撃してきたりはしない。父にまとわりついていた毒虫のように、隠微に蠢きまとわりついてくる。忌まわしいものはいつもそうだ」。

また、ある者は、こう語ります。「『近々、支那の戦争よりきょうてえ何かが起きるで』

／戦争がここで起きるというのだ。無論、みんな相手にしない。戦地は支那なのだ。何故にこんな僻地の村で戦いが起こるのだろうかと、村人は苦笑いする。／しかし、姑は、真顔で言いつのる。『いんにゃ。何かある。何かようないことがあるんじゃ』」。

『夜啼きの森』は、一九三八年、岡山の津山で起きた「三十三人殺傷事件」（「津山三十人殺し」）に取材した物語。横溝正史が小説にし、松本清張がルポルタージュにした事件に、津山出身の岩井志麻子がとりくんだ作品です。

病弱な青年辰男が、いったいどうして二時間のうちに三十人もの男女を殺害しえたのか。この血塗られた謎に、物語は殺人者の側からではなく、殺される人々の境遇と内面を描くことによってこたえようとします。

総てが押し潰されたように軒も地平もいっさいが地面にへばりつく景色の中、それぞれの暗黒——不安、狂気、悪意、怨念、憎悪、恐怖がぶあつく塗られたのち、「誰もが期待しているのだ。一息に楽になれる破滅を」という言葉がしるされます。

青年辰男をして破裂と破壊へと走らせたのは、人々の破滅への欲望でした。それが、中国各地に戦争を拡大し、秩序内部の破裂を外におしだそうとする国家の欲望を裏切るものであることは明らかです。

「辰男はきっとどえらいことをしでかす。それは予感と期待と絶望だった」――岩井志麻子の作品はわたしたちを、「新しい戦争」、「テロとの戦い」の時代に臨み、いつでも戦争のできる体制への「変革」のただなかで、そのはるか手前にひろがる暗澹《あんたん》たる現実にさしむけます。戦争体制によってはけっして解決せず、むしろ「壊れ」つづけるであろう現実に。絶望的な「壊れ」だけがもたらす、かすかな希望によって。

『屍鬼』と九・一一との関係について

小野不由美の『屍鬼』は一九九八年に刊行された、四百字詰め原稿用紙にすれば三千枚を超える大作です。岩井志麻子の『ぼっけえ、きょうてえ』がわたしたちの時代のホラーを短篇で代表するとすれば、明らかに『屍鬼』は、長篇で代表する作品です。

スティーヴン・キングの傑作『セイラムズ・ロット』(呪われた町)に捧げられたこの作品は、吸血鬼ものを踏襲しつつ、ひとつの閉ざされた村の壊滅をとおして、わたしたちの時代の「ホラー的なもの」のもっとも基底的な部分にとどいています。この作品をとりあげようとすれば、少なくとも三回分の講義が必要です。ここでは、『屍鬼』と「新しい戦争」の関係について考えてみましょう。

二〇〇二年春に新潮文庫に入ったおり、宮部みゆきの解説がつけられました。『屍鬼』とほぼ同じ時期に書きすすめられたが、かなり遅れてまとめられた『模倣犯』の著者宮部みゆきが、以下のように書くのはとても興味深く思います。

「『呪われた町』は、セイラムズ・ロットの住人たちが、一人、また一人と吸血鬼と化してゆき、やがて町全体が崩壊してゆく、その過程がすさまじく怖い。でも、崩壊が行きついたところで、主要な登場人物たちが反撃に移るとき、正邪の区別に迷いはありません。善と悪、明と暗、光と闇はきっちりと境界線を隔てて対立しており、だから、反撃の過程もまた恐ろしくサスペンスに満ちてはいますが、光の側に生き残って闘う主人公たちの心がぐらつくことはありません。（中略）ところが、『屍鬼』のなかには、この『光としての神』に相当する存在がありません。重々しく動かされるべき軍隊もありません。死者が甦る「起き上がり」という異常な現象と戦い、それによって崩壊してゆく外場（註・物語の舞台となる小さな村――引用者）を救うために、残された人たちが頼りにできるものは、

強さだけが価値あることじゃない

ただひとつ。人の「良心」ともいうべきもののみ。人は、何らかの事象によって、『人でなし』に変えられてしまったとき、それでもなお『人としての良心』に従うことができるのか」。宮部みゆきは、このようにふたつの作品を対比させながら、『屍鬼』に「人の良心」の勝利を読みとります。そして、さらに九・一一の出来事と関係づけながら、こうまとめています。「『屍鬼』は、『外敵である吸血鬼と、たとえ勝ち目は乏しくとも雄雄しく闘う』というつきつめてアメリカ的な展開をみせる『呪われた町』とは別の小説となり、『呪われた町』が目をやっていなかった、新しい山の高みに到達していると、わたしは思います。もちろん、どちらがいいと、軽々と決めつけることはできません。でも、九月一一日の同時多発テロ発生以来、世界中の敵と雄雄しく闘うことばかりに邁進しているアメリカを横目に、わたしは、『屍鬼』が書かれ得た日本という国の現状と文化は——その軟弱さも含めて——ひょっとしたら貴重なものなのかもしれないと思って、ちょっぴり胸を張ってみたりしているのです」。

物語に横溢する「異端」と「異世界」への偏愛

しかし、『屍鬼』は、「人」と「人でなし」（屍鬼）との対決、さらには「人でなし」のなかの「人でなし」と「人としての良心」との対決を中心に描いた作品ではありません。言いかえれば、このような闘いによってまとめあげられた物語ではなく、闘いののち（「人」による「人でなし」の殲滅）の無惨な光景それ自体をさしだす物語なのです。屍鬼によっておいつめられていく人々の恐怖は、反転して、徹底的な屍鬼殲滅の熱狂に変わります。「正義の名の下に団結した人間は恐ろしい。異物を排除するときの人間の冷酷さは、よくわかっている」。結末ちかくにおかれたつぎのような言葉にも、「屍鬼」壊滅後に回復する世界への嫌悪があらわれている、と言ってよいでしょう。

「ぼくは、どちらかというと屍鬼にシンパシイを感じてしまう。……屍鬼も人も似たようなものだけど、ひとつだけ違うところがある。屍鬼は自らの残虐性に自覚的で、人は無自覚だというところだ……」（主人公のひとり、若い僧侶で作家静信の言葉）。

「ぼくは世界が滅びていくのを見たかった……まだ世界は滅びていない。ぼくと沙子以外の連中があんなに残っている。ぼくが死んだあとも、連中は正義や秩序を信奉して、世界

を整え続けていくんでしょう。沙子がそれを破壊する日はまだまだ来ない」（屍鬼沙子に仕える人狼、辰巳の言葉）

『屍鬼』は、いかなる意味においても「怪物があらわれた、怪物を殺せ」という秩序再構築の物語ではなく、「怪物があらわれた、人間が変われ」という秩序変更的な物語なのです。しかも、人間（「人としての良心」）のむごたらしい勝利が結末におかれることによって、「人間が変われ」の困難性とともにその不可避性をいっそうつよく印象づけます。勝利が勝利でなく、解決が解決でない。その中にさしこまれた「屍鬼」という不可解なものは、人が作りあげている秩序の恐ろしいほどの暴力性と無意味性とをあばくのです。

一九九〇年代におけるホラー小説誕生を、作品として準備した一九九一年の『魔性の子』（新潮文庫）以来、小野不由美の物語を特徴づけるのは、「異端」への偏愛です。ほとんど絶対的とも言うべき「異端」への愛です。それがファンタジー的な「異世界」への跳躍にもなっているのは、言うまでもありません。

「解決不可能性」の時代の閉塞感が、小野不由美の「異端」と「異世界」を、あるときは陰鬱にあるときは華麗にかがやかせています。

オキナワではホラーも溶けていくのか

『ぼっけえ、きょうてえ』とほぼ同じ時期に超ホラー小説『魂込《まぐいぶ》み』（朝日新聞社）をだした目取真俊は、つぎも『岡山女』と雁行するかのように、短篇集『群蝶の木』（朝日新聞社）をだします。この冒頭に収められた「帰郷」は、死体からはじまる物語です。

主人公の當真和明は二十歳の青年。石垣島の高校を卒業後、二年ばかり勤めた家具店が不況の波にのまれて倒産、数か月の失業保険生活ののち、今は国際通りの駐車場でアルバイトをしています。生活のたてなおしのため早朝ジョギングをはじめた和明は、ある朝、公園で、毛布にくるまれた男の腐乱死体を発見。しかし、奇妙なことに、通りすがりの人たちにも、管理人や警察官にもその死体は見えない。が、妄想や幻覚ではないという確信が和明にはある。じっさい、毛布の中で死体の腐乱は日に日に進んでいきます。

「どうしても公園の死体のことが思い浮かぶ。雨を吸ったモスグリーンの毛布の下で、腐敗した肉や皮をむさぼっている蛆虫の群れ、以前見たホラー映画の一場面と想像で付け加えた像がないまぜになって、男の姿はグロテスクさを増してくる」。

物語は「ホラー」を意識しつつ、やがて思いがけない方向へと展開していくことになるのです。ホラー的なものをくぐらねば、今、世界が見えない。そんな確信において、岩目取真俊と、たとえば岩井志麻子、高見広春とはかさなる。しかし、目取真俊の「帰郷」には、ホラー的なものへの、他の作家たちの物語にはない接し方があるのです。

蛆虫のびっしりついた腐乱死体を見ながら、和明は、奇妙な感情がこころの中でうごきだすのに気づきます。「毛布の下で横たわっている骨が、何か赤の他人ではないような変な感じがした。そういえば、男の死体を見つけてからいままで、少しも臭いがしなかったことに気づいた。雨の気配を漂わせる雲を透かしてぼんやりとした陽がさす。(中略)少年野球チームの掛け声を聞きながら、何か気持ちが楽になり、毛布の下の骨に親しみさえ覚えている自分に気づいて、思わず笑いが漏れた」。

また、「どうして他の人には見えないのかわからない。あるいはどうして自分だけに見えるのかも。ただ、そういうことはどうでもよかった。軒下のモスグリーンの毛布と膨らみが目にできるだけで、何かとても穏やかで安らかな気持ちになれる。その不思議な体験を味わえるだけで十分だった」。

あまたのホラーにおいてただ投げ出されるだけの死体。ホラー的なものを十分に意識した『バトル・ロワイアル』においても、『岡山女』においても、死体はここまで親和的なものとしてあらわれていない。言いかえれば、ここまで死体が積極的に選びとられていないのです。いったい、ここにはなにがあるのでしょうか。

やがて和明は、腐乱死体が風葬中の海人であり、この公園が昔、那覇では一番の風葬場であったことを知る。人には見えない死体を見、古い共同体とのつながりを確認するとき、和明は、リストラされた中年の金城や、不登校の女子高校生とのたしかなつながりを得ます。和明だけではなく、人それぞれの「死と再生」とに死体がかかわっているのです。

しかし、物語をつつみこんでいるのは、つぎのような「オキナワの熱」とも言うべき独特ななにかでしょう。

最後に収められた「群蝶の木」の終わりには、戦中、徴兵忌避者と心をかよわせた娼婦(ゴゼイ)を、老いた身体ごとつつみこみ、ゆっくりと溶かしていくオキナワの熱が描かれています。「ゴゼイ、ゴゼイよ。何を悔いる必要のあるか。物思ゆるのも体は最後はユウナの木のそばの川のように、ねっとりと濁って混じり、この世のものすべて海で一つになるさ。てのひらから滴り、髪から滲みだし、太ももを伝い、目や耳から流れ、弛んだ細胞のひとつひとつから産後の産卵のように宙に舞っていくもの。その最後の塊が木のうろのような口から出てゆくと、蝶の形となって室内をゆっくりと飛び、閉じた窓のガラスを抜けて、月あかりの空に舞っていく。」

悔恨も苦悩も憎悪も、そして死までもが、けっして終わりではないのです。オキナワの自然のいとなみはそれらをゆるゆると溶かし、べつの生へとつなぎます。「群蝶の木」のみならず短篇集『群蝶の木』全体をつつむオキナワの熱。しかし、ゴゼイがオキナワの共同体から排除され、和明たちに見える死体が他の人々には見えないように、ここには目取真俊のオキナワにたいする否定と肯定とが交錯しています。

今ある政治、経済、生活、そして風景までもが認めがたく、「べつの政治、経済、生活……」への希求がつよいとき、ホラー的なものはむしろ積極的に選びとられる。バフチンの見方を思いだしてください。しかし、「べつの……」は果たして実現しうるのか。その実現の途は、選びとられるホラー的なもののむごたらしさに沿ってのびている。ここでは、恐ろしいことに絶望の深さこそが希望につながるのです。

グロテスクなシーンに解放感とやすらぎと黒い笑いが

演劇にも「ホラー的なもの」はあらわれています。

舞台中に散乱する産業廃棄物を、他に捨て場はないと観念した社長と工員が一心不乱に食べはじめる——長塚圭史作・演出の『はたらくおとこ』のラスト。

黒々とした、ぐちゃぐちゃで、ねばねばで、どろどろの廃棄物を、手にすくい、手にすくい、つぎからつぎへと口に入れていく。彼らはみるみるうちに廃棄物まみれとなり、人がそれを食べているのか、それが人を食べているのか判然としなくなる。芝居だとわかっていても吐き気をもよおすほどの、すさまじくグロテスクなシーン。

しかし、このシーンに接しながら、わたしの中には、気持ち悪さとともに、ある種の解放感が生まれていました。

そういえば、演じる役者の表情にも、薄暗い舞台にも、じっと見守る観客のありようにも、ようやくここにたどりついたとでもいうようなやすらぎがただよい、黒い黒い笑いさえ招くその先には、なんと、一筋の光が見えている……。

妻の死、事業の失敗、多額の借金、潰れた工場、仕事のない工員たち、精神を病む者、そして使用禁止の農薬の散布、荒廃した地域、ゆがみきった人間関係——こんな「壊れ」の連鎖の上に、舞台で展開する悪状況の連鎖がくわわり、ついにむかえたラストです。

これ以上はありえない悪状況を避けず、直視し、むしろ積極的に受けいれていく人々が、暗くかがやかないはずはない。だからこそ、このラストは、もうひとつ別の状況へと転じえたのです。

ヘーゲル風に言えば、わたしたちは、悪状況から解放されるのではなく、悪状況をとおして、ただそれをとおしてのみ解放されるのです。なるほど。これが噂の「長塚ノアール」か、とわたしは納得しました。

三年前、ある演劇雑誌の対談時評を引き受けた理由のひとつが、劇作家で俳優の長塚圭史の芝居を観ることでした。しばらく観劇から遠ざかっていたわたしは、研究室にやってくる演劇好きの学生たちがしばしば口にする「長塚ノアール」という言葉に、惹きつけられていたのです。

毎月二十本以上の観劇は、じつにハードでしたが、坂手洋二、平田オリザ、鐘下辰男らのあとの世代に属する新しい才能たちの演劇を存分に楽しみました。

そして、いよいよ長塚圭史の芝居を観る機会がめぐってきました。『はたらくおとこ』（二〇〇四年）からはじまり、崩壊していく町をステージとした娼婦とその妹をめぐる話『真昼のビッチ』（同）、「壊れ」の関係を生きる人々のただなかにかつての戦争がよみがえる『悪魔の唄』（二〇〇五年）とつづきました。

「壊れ」の時代に燦然とかがやく「長塚ノアール」。こんな言葉が、わたしの中でうごかしがたいものとなりました。それ以前の作品の台本を読みたくなったわたしは、阿佐ヶ谷スパイダースの制作の伊藤達哉にメールしたのです。するとすぐ返信があって、伊藤くん、長塚くんは早稲田の文学部でわたしの学生だったという。突発的な関心にうながされた突発的休講の多いわたしと、演劇活動に全力を傾注してほとんど授業にでてこない長塚くんたちとの接触は、「遭遇」にひとしいものだったらしいのですが。

その直後、早稲田の新小野講堂のこけら落とし公演のひとつとして、学生に人気抜群の長塚圭史がみずからの試みを語りつくすという企画（二〇〇五年五月二五日）がもちあがり、話の引き出し役をつとめることになったわたしは、『イヌの日』『日本の女』『みつばち』などのビデオと資料を、どっさり送ってもらいました。こうしてわたしは、さいわいにも、長塚圭史のこの十年をふりかえることができたのです。

「壊れ」の時代に燦然とかがやく「長塚ノアール」

この講義も締めくくりが近づいてきましたので、おさらいをします——一九九〇年前後の、現存した社会主義の大崩壊とバブル崩壊からはじまる「壊れ」の時代は、政治、経済の可視的な機能不全から、たちまち、この時代を生きる者のこころの変調、「壊れ」へとひろがった。つぎからつぎへと問題が起きるにもかかわらず、その解決を見いだせないいま、問題がおりかさなり、ふくらみ、やがて風船がぱちんとはじけるように内破します。こうした解決不可能性による内破が社会のいたるところで起きる時代は、のちに「失われた十年」と名づけられたが、急場しのぎの「回復」「改革」がかえって内破を格差社会のすみずみにまでゆきわたらせ現在にいたるのは、言うまでもありません。回復をみこめない「壊れ」は、すっかり日常語に定着してしまった。この間、エンタテインメントの主流は、解決可能性のもとに組み立てられたミステリーと着地点のはっきりした冒険ものから、解決不可能性にもとづくホラーと着地点を喪失してさまようファンタジーへと変わります。

長塚圭史が、東京の戸山高校で演劇をはじめるのは一九九〇年代初頭。大学での劇団「笑うバラ」の旗揚げが九四年、そして演劇ユニット「阿佐ヶ谷スパイダース」をたちあげ『アジャピー・ト・オジョパ』を公演した九六年から、「長塚ノアール」の爆発的展開は開始されます。長塚圭史以前の演劇世代が崩壊に直面し、いわば静かに立ち往生するのを横目に、長塚圭史は崩壊から、「壊れ」からはなばなしく出発したと言ってよいでしょう。

度を深め暗さを増す「壊れ」の時代から、その黒い養分をいっぱいに吸いあげた「長塚ノアール」は、同時代のホラーやファンタジーの最良の稜線をたどりながら、グロとエロと黒い笑いを燦然とかがやかせるのです。

それだけではありません。「長塚ノアール」は、グロとエロと黒い笑いといった、「壊れ」の時代特有の傾向を純化させるとともに、それらを別のものへと転じていくつよい意志に貫徹されています。

長塚圭史がいつも、輪郭のはっきりとした「物語」に愚直なまでにこだわるのは、そうした転換をもたらしたいがためでしょう。「長塚ノアール」は、「壊れ」の時代における、死から再生への剛毅で不退転の物語なのです。

『悪魔の唄』以降、長塚圭史の物語には、「歴史」に深くかかわりつつ、「歴史」を改変しようとする傾向が顕著になってきました。崩壊から幕を開け、日本におけるアジアの闇と光の領域に昂然とつきすすむ『アジアの女』は、そんな試みの尖端に位置する物語と言えるでしょう——。

これで「ホラー論」は終わりです（紙幅の関係で、個々の作品の考察や、多くのホラー作家のすぐれた作品紹介、あるいは文学理論、戦争論などの詳細な検討を削らなければならなかったこと、みずからの凄絶な「壊れ」めぐりののち『生きさせろ！』にたどりついた雨宮処凛さんの痛快無比な生き方の称揚、また、三島由紀夫と能楽表象を研究しつつ斬新なアニメ論を書く早大大学院生田村景子さんとの、ホラーアニメとくに『ひぐらしのなく頃に』、それにホラーゲームをめぐる対話を入れられなかったことは、心残りですが）。

あっという間でした。とても気持ちよく——と言うのがホラー論ではちょっと困る気もしないではありませんが、話をさせてくれたみなさんに、感謝します。次週、この場所で、「第一回講義」のはじめにおこなった問いかけに、講義をとおして得たものを参考にして答えてください。怖いものは回帰する（笑）。それはこんな問いかけでした。

一、わたしたちは、ホラーだけではなく、多くの作品、メディア、出来事と乗り合わせているにもかかわらず、どうして「ホラー」なのか。
二、そもそも、ホラー（恐怖）とはなにか。
三、ホラーを乗せている社会および時代とはいったいどういう社会、時代なのか。それはいつはじまったのか。
四、ホラーに乗り合わせてしまったわたしたちはいったい誰で、これからどこに行こうとしているのか。

むずかしい？　むずかしいからこその、問いかけなのですよ。なんとか答えたあとも、ときどき思いだしてください。ホラーと乗り合わせたあなたについて。わたしもまた、今日からホラー論の思いがけない、あらたな展開について考えはじめようと思っています。

あとがき

「他人には絶対に言えないことを、あなたはどれだけかかえていますか」という問いかけ（「まえがき」）からはじまった、わたしの「ホラー論」はいかがでしたか。

あなたのかかえる「他人には絶対に言えないこと」「自分も見たくない、考えたくないこと」の一端が、ホラーおよび「ホラー的なもの」の中に見え隠れしていたのではないでしょうか。だとすれば、あなたは嫌悪と恐怖をとおして、ささやかな解放感にいたったはずです。

「この程度の言い難さではない、ない、ない」という人は——そう、あなたこそ、今までにないホラーの書き手なのです。さっそく、今から、その思いを創作で炸裂させてほしいと、わたしはつよく願っています。

わたしの「ホラー論」は「怪物論」とともに、二〇〇一年からはじまりました。二〇〇六年までは第一文学部と第二文学部の共通科目、現在は文学部と文化構想学部の共通科目になっています。この間、とても多くの人々に聞いてもらいました。

文学部での勉強は「教科書のないいとなみ」だと確信するわたしの講義もまた、「教科書のない講義」です。当然、「教科書にはなりえない講義」です。はげしくうごくこころと現実の「リアル」は、過去の知的体系によっては捕捉しがたい。しかも現在、わたしたちは、「新たな戦争」をひとつの頂とした「新たなリアル」に直面しつづけています。だから、この「ホラー論」も、従来の魅力的なホラー論までもほとんど無視して（東雅夫さん、荒俣宏さん、風間賢二さんほか、ごめん！）、ホラーとホラー的なものに直面するわたしの思いの数々を、断片的に提示しつづけるものになりました。

ここで発した「ヒント」あるいは「ヒントのさわり」は、聞いていた人々の中で今も、それぞれの関心に応じて変奏されているはずです。すでに作家やルポライターや編集者として活躍している人たち、あ、いまは宮崎県知事となった人もいましたね、そしてなによりも教員や銀行員、非正規労働者やフリーターとして、日々、「解決不可能性」とともにある人々。

こうしてみると、わたしの「ホラー論」は、この人たちの関心とわたしの関心が、なぜかいつも薄暗い大教室で交叉し作りあげた「合作」のような気がしてきます。そうであれば、わたしにとってこれは、講義でなければ実現できない、それも「最良の講義」のひとつになっていなければならないのですが……。課題、難題、快題、笑題をいっぱい載せて「ホラー論」はまだまだつづきます。

なお、いくつかをのぞいては言及することができなかった、すぐれたホラー論、ホラー・ガイドとして、入手しやすいのはつぎのものです。風間賢二『ホラー小説大全・増補版』（角川ホラー文庫）、荒俣宏『ホラー小説講義』（角川書店）、小池滋『ゴシック小説を読む』（岩波セミナーブックス）、東雅夫『ホラー小説時評一九九一―二〇〇二』（双葉社）、東雅夫編『ホラー・ジャパネスクを語る』（双葉社）、尾之上浩司『ホラー・ガイドブック』（角川ホラー文庫）、別冊宝島四五七『もっと知りたいホラーの愉しみ』（宝島社）。

また、本書では紙幅の都合により具体的にとりあげられなかった作品のうち、とくに読んでほしい作品は、恩田陸『球形の季節』（新潮文庫）、篠田節子『神鳥―イビス』（集英社文庫）、牧野修『病の世紀』（角川ホラー文庫）、倉阪鬼一郎『ブラッド』（集英社文庫）、大槻ケンヂ『ステーシー』（角川ホラー文庫）、舞城王太郎『阿修羅ガール』（新潮文庫）、乙一『GOTH／僕の章』（角川文庫）、マンガでは楳図かずお、諸星大二郎は別格として、この時代では日野日出志『地獄変』（マガジン・ファイブ）、伊藤潤二『闇の声』（朝日ソノラマ）あたりから、映画ではなんといってもまず黒沢清監督の『CURE』と中田秀夫監督の『リング』でしょうね。

この「ホラー論」から、毎年たくさんの評論や書評が生まれました。あるいは、「ホラー論」のために新刊の書評や、ホラー的なものをめぐる評論を書きつづけてきた、と言ってもよいでしょう。その一部は本講義の中にとりこんであります。発表の機会をあたえてくれた新聞、雑誌の編集者の方々に感謝します。そして、宝島社新書「講義録」シリーズのたちあげにあたって声をかけてくれた、編集の五十嵐有希さんに深謝します。

二〇〇七年九月二〇日　高橋敏夫

高橋敏夫（たかはし・としお）
一九五二年生まれ。早稲田大学第一文学部日本文学科卒業。早稲田大学大学院文学研究科博士課程修了。日本近・現代文学、文学理論研究。関東学院女子短大を経て早稲田大学文学部・大学院教授。
学生時代より時代と社会を強く意識した文芸評論家として活躍、しだいに演劇・映画・マンガ・音楽などへと対象をひろげる。『嫌悪のレッスン』（三一書房）、『ゴジラが来る夜に』（集英社文庫）、『絶滅以後』（論創社）ほか著書多数。『理由なき殺人の物語・大菩薩峠論』（廣済堂ライブラリー）からはじめた時代小説評論では、『藤沢周平・負を生きる物語』（集英社新書）で第十五回尾崎秀樹記念・大衆文学研究賞受賞。ほかに『藤沢周平という生き方』（PHP新書）など多数。学部での講義「ホラー論・怪物論」は、学生アンケートで「早稲田で一番面白い授業」に選ばれた。

宝島社新書

高橋敏夫教授の早大講義録
ホラー小説でめぐる「現代文学論」
（たかはしとしおきょうじゅのそうだいこうぎろく
ホラーしょうせつでめぐる「げんだいぶんがくろん」）

2007年10月23日　第1刷発行
2009年 4月20日　第2刷発行

著　者　高橋敏夫
発行人　蓮見清一
発行所　株式会社　宝島社
〒102-8388 東京都千代田区一番町25番地
電話：営業　03(3234)4621
　　　編集　03(3239)5746
振替：00170-1-170829　㈱宝島社
印刷・製本：中央精版印刷株式会社

ISBN 978-4-7966-5904-8